新时代诗库·第四辑

石油季节

申广志　著

中国言实出版社

图书在版编目(CIP)数据

石油季节 / 申广志著 . -- 北京 : 中国言实出版社,
2025. 3. -- ISBN 978-7-5171-5089-3

Ⅰ . I227

中国国家版本馆 CIP 数据核字第 202522BZ15 号

石油季节

责任编辑：史会美
责任校对：王君宁

出版发行：中国言实出版社

　　地　址：北京市朝阳区北苑路180号加利大厦5号楼105室

　　邮　编：100101
　　编辑部：北京市海淀区花园北路35号院9号楼302室
　　邮　编：100083
　　电　话：010-64924853（总编室）　010-64924716（发行部）
　　网　址：www.zgyscbs.cn　电子邮箱：zgyscbs@263.net

经　　销：新华书店
印　　刷：北京温林源印刷有限公司
版　　次：2025年4月第1版　2025年4月第1次印刷
规　　格：880毫米×1230毫米　1/32　8.125印张
字　　数：182千字

定　　价：58.00元
书　　号：ISBN 978-7-5171-5089-3

《新时代诗库》编委会

新时代诗库

申广志，中国作家协会会员，中国石油作家协会副主席、诗歌创作委员会主任，新疆克拉玛依市（石油）作家协会主席、文艺评论家协会主席，鲁迅文学院第24届高研班学员，喀什大学人文学院特聘教授，克拉玛依市委党校客座教授。

20世纪80年代开始发表诗歌，诗作见于《人民日报》《光明日报》《文艺报》《中国艺术报》《诗刊》《中国作家》等报刊，入选全国多家诗选集，被译成多种文字。诗集《不期而遇》《水晶墙》获第四届、第五届中华铁人文学奖。

Shen Guangzhi is a member of the China Writers Association, Vice Chairman of the China Petroleum Writers Association and Director of the Poetry Creation Committee, Chairman of the Karamay (Petroleum) Writers Association in Xinjiang and Chairman of the Literary and Art Critics Association, a member of the 24th High-level pesearch Class of the Lu Xun Literature Academy, a Distinguished Professor at the College of Humanities of Kashgar University, and a Visiting Professor at the Karamay Municipal Party School of the CPC.

He began to publish poems in the 1980s. His works have been published in newspapers and periodicals such as *People's Daily*, *Guangming Daily*, *Journal of literature and Art*, *China Art News*, *Poetry Magazine*, and *Chinese Writers*. His poems have been selected into many national poetry anthologies and translated into several languages. His poetry collections *Unexpected Encounter* and *Crystal Wall* won the 4th and 5th China Iron Man Literature Prize.

荒原脉动

以色列作家阿摩司·奥兹说过："你身在哪里，哪里就是世界的中心。"客观上，我工作、生活的这片土地，还真的一度脱颖为全球的"中心"——1955 年 10 月 29 日，克拉玛依一号井喜获工业油流，从此，拉开百里油区勘探与开发的序幕，后捷报频传，宣告了新中国第一个大油田的诞生。这相对于抛出"中国贫油论"的西方谬论，无疑是震惊世界的爆炸性新闻。

从砍柴、挖煤，到开采油气，人类一直挺进在不断发掘新能源的泥泞之路上，尤其是工业革命以后，石油和天然气，俨然已属于社会发展进步不可或缺的能源，成为滋养着我们身心的另一种食粮。

但是，身为石油人，既彰显开天辟地的洒脱——

无须引经据典，追根溯源，石油人／最初，踏入的疆域／大多为白纸一张。目光所及处／顺手一指，随口一说／便可轻松分娩一个地名（《花土沟轶事》）

同时，也凸现折戟苦难的悲凉——

都曾是扛钻杆的硬汉，背水泥的烈女 / 追求过事业，抚慰过爱情 / 生养过孩子 / 可油田，无限拓展的步伐与井深 / 一再缩短着戈壁、沙漠里 / 太多生命该有的长度（《日落小西湖》）

只有冬夏，没有春秋的戈壁油田，季节完全靠陡升或骤降的气温感知，炽热，或严寒，并常年不吝眷顾的风沙，是过去这里除人以外的唯一活物。

处在一个时令、地理如此混沌的场域写诗，绝非一个"勇"字即可阐明与佐证。"金木水火土，构建世界的基本元素 / 究竟是它们提炼、整合了我 / 还是，我把上帝并不完美的原创 / 在不断拆分、重组……"（《吐鲁番：水与火的织帛》），创作即创造，尤其，一个写诗的石油人，注定还兼有净化、美化人类心灵的角色。

尽管，陈思和与霍俊明两位评论家都表示，不希望给我加注行业诗人的标签，可"石油诗人"的桂冠，最终，还是紧箍我首。原因是，无论一座磕头机，一棵采油树，一根输油管，已被漫长的岁月植入我体内，它一丝一毫的悸动，都关乎令人震撼、泪目的真善美。往往牵一发而动全身，见瓶水之冰而知天下之寒，使诗性自然升华为"不以物喜、不以己悲"（范仲淹）的情愫，拓展出"世界以痛吻我，我却报之以歌"（泰戈尔）的境界。

"揣着功利、虚荣，你踏破铁鞋，也寻不到她的踪影；敞开高尚、圣洁，她时时处处都会在你面前显现。浓彩重抹，她会厌恶；刻意雕凿，她会伤痛；穷追不舍，她会走失。如果你终身爱她，她哪也不去，直到成为你灵台前的几缕檀香，一树魂幡。"（《名家名作》2023 第 3 期刊首语：《是谁，约你携手前世今生》）文章本天成，妙手偶得之。写熟悉的生活和感动自己的事物，始终是我的诗歌创作观，以至触及、涉猎非石油题材，也总挥不去石油或石油人的影子。

非常感谢《诗刊》2022 年 3 月下半月刊"发现"栏目推出我的组诗《石油季节》，使西北"边缘"的我和新疆油田得以出镜于全国读者的视野中，又绽放在新工业诗歌的浪潮里，直至让啼笑荒原的心瓣，挂果成一本诗集。

20 世纪最有影响的哲学家之一维特根斯坦曾言："语言的边界，即是世界的边界。"相传有生物学家做过这样一个实验：在温室里放两盆相同的花卉，对一盆赞美，对另一盆咒骂。随着时间的推移，结果，被赞美的那盆愈发茂盛，被咒骂的那盆日渐憔悴，直至死亡。生命有知，万物皆灵。优秀的文学作品，一定是作家生活在世界的中心，即自己的生存之地，与大自然、人类社会的深情交谈，横，能沟通万物；纵，能对话历史，之后，写出显共性、通共情、引共鸣的文字。

诗集《石油季节》收录的大多是我 2018 年至今创作并发表的一百余首诗歌，它们如同季节里的花开花落，带着或馥郁或淡雅的韵致，皆交付于读者，任其在时光中细品，在心灵评说。

2025 年 2 月 1 日于新疆克拉玛依

目 录

CONTENTS

第二辑　边缘镜像

第一辑

混沌时令

多希望，能把过往的莺飞草长、笑逐颜开
每一刹那，都写进诗里
只可惜，历史，早剥落成一棵又一棵
光秃秃的采油树
尽管，伸向它的每一只手，都曾是叶片

第九个黑洞，是黎明

睡得太沉了，以至于钻机戳到第九下
你才醒来。之后，便喧嚣不止
这涌动的语言，只有远去的海能够听懂
只有穿红衣、戴塑盔的人能够破译

一切都如此陌生，就像你不理解
大漠上的一粒黄沙、一棵矮草一样
当然，就更不明白
一群直立行走的生灵
为什么要把你喷涌的夜色涂在脸上
一会儿振臂，一会儿抽肩

蛰伏于那个遥迢的动荡年代

你无法认知眼泪和汗水，如今
它们已成为地球上最重的物质
哪怕甩下半滴，就足以把你托举起来
更何况，找油人的艰辛与悲苦
早已漫出准噶尔生锈的古盆

八口黑窟窿，像四双不瞑的眼睛
昼夜守候着愈发隆起的第九泉的黎明
在上亿种古生物魂魄的倾诉中
古尔班通古特，黑缎子的阳光扑簌而下
从那天起，陆梁，这个早已取好的名字
倏然，有了形体和声音

唯有雨水，能够拧开戈壁的季节

仅仅是一场阵雨
就轻易拧开了戈壁紧锁的春季
期待了多年的种子
转眼间，全部醒来
肥了荒原，瘦了视野
采油姑娘的笑声，竞相绽放

飘逝的红蝴蝶
引领羊角辫的双桅
又翩然而至
沙百灵，织出久违的歌声
群星尚未散尽，阳光已座无虚席
唯有抽油机，仍一言不发
它鞠躬不止，出自感激，抑或祈祷
是谁，轻瞥狼藉的乳渍
以粗糙温暖的大手
频频抚摸着
我毛发稀疏的头颅

远山的雪景

再次挑起湿透的目光

骄阳的纹理

已在枯草上暴露无遗

使劲擦去厚重的漠风

油压表清晰地显示

大地的脉跳，依然铿锵有力

蒲公英的伞兵正在远征

钢管家园

烈日，热恋的火种，又开始
在戈壁滩上萌芽、疯长
一向戒备森严的天然气处理站
不得不给所有的阀门，脱去
由铁皮、石棉特制的冬衣
于是，猝不及防的一场悲剧
就此上演

显然，还是那副管钳，仍操持得
不知轻重，竟使
刚生血丝的蛋液，以及
才长茸毛的肉团
也坍塌、掉落于炽热的地坪之上
数位满脸油污的硬汉
先是一怔，随即悲痛内疚
"队长，我们真没想到啊
保温盒里，怎么会有

鸟儿筑巢、产卵⋯⋯"

据说，当天，就连夕阳
同样在承受风起云涌的利喙
满面通红，遍体鳞伤
迟迟不忍离去
生活基地，牙牙学语的防风林
攒足了劲儿，却未能吐出一枚新叶
此后，枝丫间，倒结满了
儿时称其为"家家"的卡通小屋

追溯沙漠气田

远隔千里的搏动，深藏万米的喘息
均无法避开钢的耳蜗，铁的指端
一遍遍，听诊把脉。只不过
到我嘘寒问暖的这天，古海床上
谁的毛发，已全部脱尽
眼泪，早就哭干

一向循规蹈矩的地球，自从
被放荡不羁的小行星，猛击一拳
满腹的怨气，持续几千万年
太黑过冷的陨坑里，未曾料想
竟萌发、拔节出我的祖先

他们能驯马、会造船
在占据了山巅滩涂之后
追逐梦想，向太空发射火箭
一部继往开来的文明大典
用奋斗书写，以鲜花装帧

也就承载了人类斗智比勇的三次壮举
砍柴、挖煤、采气
总之，永远甩不掉，也离不开
以食为大的那道炊烟

油沼里的苇丛

骨髓自溢的黑油山，难道是
亚欧板块最疏松的一隅
沙金沸涌的阳光
何时，已把没有路标的驮油孤旅
浇铸成一尊神像

低矮却不失葱郁的芦苇
栖身于油沼
一丛丛、一根根
无泉能汲，无露可饮

血水泪水都不存储的戈壁油田
夜色也黏稠黏稠的

被一位诗人誉为大漠夜雾的沙暴
开始啃噬一村一城的时候
我知道，残月的根须
正掘进我的肤骨

雪卧青克斯

钻塔的银簪
已绾起准噶尔三千里的涓涓黑发
风的手，雪的唇，整整一夜
不断栖向青克斯张弩的肌腱
就这样，一个丰满的冬天
于西戈壁的枕榻，拥山而睡
舒展出佩玉的黎明

当漫飞的翼龙，骇然噙走
几粒突兀袭来的黄沙之后
水袖蕨裙，躬身谢幕
是那个古老传说中的春姑娘吗
不然，尘封亿年的绿洲
为什么，落雪也如此温存

如今，谁的手，在孤身的峭壁上
轻轻一划，就点燃几团采油女工的身影

解读黑油山

这片方圆不足百米的坡地
却被冠名为山
究竟源自偶然，还是必然

地壳的盆骨在响
黝黑的胎血在流
旭日蒂落，殷红的戈壁滩上
是谁，泛着沙容，飘着雪发
一遍又一遍
默诵着我的家谱名册

巨至龙象，微至蝼蚁
远至昆鸟，深至鲸鲨
均未挣脱你饥腹妊娠的指爪
终有一天，我也会化作
你脉管里的石油吗

不是山，竟比山高

不是海，竟比海深
分娩了比蹄脚、羽翅还快的生物
诞生了一座楚楚动人的城市
克拉玛依

因为，短信里听不见哭声

当采油树的根，扎进更深更远的荒凉时
古尔班通古特，扯着沙哑的嗓子
不得不勒令女人走开

从此，五百里以外的城郭里
多了几间微机监控室
石油基地，多了几缕花香、鸟语
大漠的夜幕上，多了几颗星星

当然，每天供给的果蔬蛋肉，包括水
还须到遥远的绿洲去拉
否则，一个巴掌大的栖身之地
怎可能养活近千名气吞山河的壮汉
所谓的农场、牧区
在这里，只是某种象征和慰藉

住着豪华公寓，食着生猛海鲜
品着异树奇葩，赏着珍禽稀兽

才逗留三日，一股又一股
比沙暴还要狂放的风，在我心中刮起
巡井班驻地
有位手指箍着婚戒的司机
却张扬出超乎寻常的平静。只见他
半蹲在皮卡车的阴影处
低着头，不停地摆弄手机

"唉……女人就是女人
才分开俩月，一打电话就号
发个短信，就听不见她的哭声了……"

赶紧开花，赶紧结果

除了冬天，剩下的季节都紧锁在
一枚枚看不见的种子里，唯有雨水
能将它们随时打开

转眼已是深秋，太阳依然泼辣如夏
透过风沙频频叮咬的窗玻璃
一座沙丘，挺着极度难产的裸腹
似乎想把我寂寥的视线锈蚀殆尽

不知咒落过多少日月星辰
终于，雨敲油管的声音浸透夜幕
早起的黎明，缓缓睁开红肿的眼睛
还是那座沙丘
俨然有一层粉绿浮出地面
这些密匝匝、毛茸茸、颤巍巍的茎叶
次日，就把各色的花朵举过头顶……
三天过后，烈日、蓝天、秃岭
大漠，又一贫如洗，寂静如初

似乎一切都不曾发生
春华秋实，只是一场转瞬即逝的梦

我的一生，又是谁的泪水，就此匆匆打开
甚至，连何来何往，自己是谁
也无暇过问
既然，存在，是一道预期的指令
趁大雪尚未来临
赶紧开花，赶紧结果吧
无法选择季节，就别错过季节

覆灭的春雨，并没走远

迟来的春雨，在窗外整整哭了一夜
不信，随便裁一匹我薄薄的梦
都能拧出五颜六色的汁来
可，当我驱车赶往戈壁
身后，依旧尘土飞扬
竟然，没有一卷云宗
来举证烈日的谎言妄语

仅失落了青春几许，我的枝丫
便憔悴成裸岩、沙脊
即便如此，也不容置疑
雨，曾真实地叩响过焦渴和贫瘠

起初，这雨，只是
我盲目问世的一声惊雷
从此，便洒下双亲
太多的汗水泪滴
当阔别的思念终于淤积成河

竟被注入无边的墓地
两条干枯的河床，分明还温热着
母亲硬塞进我书包的一枚鸡蛋
以及，父亲退休后，仍背井离乡
不敢撒手的半截镐臂

从地球有了脉跳的那一刻起
我知道，生命中的每一场雨
都没有走远
几十亿年的前仆后继
也不过，行了三五公里的距离
只是，面对一场井喷
无人能听懂太多的语种和旋律

采油女工和她的狐狸情人

同样是巡井，仝昕的双腿，此时
如捆了绳索，灌了铅。而那只
被同事戏谑为老公的狐狸
依然，在浸满阳光的沙山上等她
一年四季，分秒不差

春天，像棵树；夏天，像块冰
秋天，像坨云；冬天，像团火

据说，几经失落，有位哥们儿
带着铁锹，在戈壁滩上撒野数日
最终，也没能找到情敌的老巢
缘于嫉妒，有位姐们儿
干脆，把一天需照几十遍的镜子
摔了，并放出狠话
即使有下辈子，也绝不嫁人

锣鼓、祝词、酒席、拥抱

兴许明天，便会在队部竞相绽开
可一向躁动不安的大漠，还是
头一回，如此宁静
整座气田，仿佛又回到
初采时的虚无与寂寥

"看！就是这个胸戴红花的女人
曾把怀里仅有的一块馕递给我
拯救了咱们全家老小的性命
那是一个百年不遇的风雪之夜
哈一口气，都会结冰……"

但愿，退休欢送会上
这尊已修炼千年的精灵，带着
老婆、孩子，也能如期而至
如是言说

克拉玛依一号井

"安下心、扎下根、不出油、不死心"
——这句口号，究竟最先出自
谁的嘴或笔，已难以考证
近七十年来，它像一根无形的鞭子
始终促使新疆石油人
忍辱负重、扬鬃奋蹄

从独山子到克拉玛依，也就 160 公里
一辆"破卡车"驮着 36 名钻井工
竟行驶了两天一夜。出发前
他们只是接到指令
将踏入一块不毛之地，直至
躯体被十多级大风撂倒
皮肤被蚊子、牛虻蜇咬溃烂
肠胃被盐碱水侵害
导致上吐下泻，才真正领教
亿万年的荒野究竟有多野

不足 15 平方米的一间土坯房
和一处面积更小的地窝子，挤满了
吃喝拉撒，南腔北调，爱恨情仇
却绽开了一号井，新中国第一个大油田
世界上唯一一座以石油命名的城市

从当初的年产千百吨，到现在的千万吨
当然，还有更多的"一"，陆续演进
但我，仅记住
一个人的姓名：队长陆铭宝
一个钻井队的番号：1219

多希望，能把过往的莺飞草长、笑逐颜开
每一刹那，都写进诗里
只可惜，历史，早剥落成一棵又一棵
光秃秃的采油树
尽管，伸向它的每一只手，都曾是叶片

白碱滩·斜树林

海水，撤走以后，加依尔山下
上亿年了，连每一粒沙
都是雄性的。幸亏军号、校钟
送来首对夫妻，地窝子里
两枚土豆般的容颜，相濡以沫
而生出的嫩芽，依旧是钢铁
正如戈壁滩，刚栽种的
钻塔和采油树

直到南飞的天鹅，因一次次误判
而魂断油池。孩子们指着
看图识字本上的绿植
一遍遍发问：这到底是什么

自此，一条人工河
吐着太阳火，噙着月亮冰
从陈冢新坟旁，呜咽着，流过
万亩生态林，也模拟磕头机

斜着膀，歪着脖
可石油人，已挺起胸，昂起头

风仍在刮，但已收敛了许多
毕竟，春天，踉踉跄跄，来了

新疆一号井遗址

筹银三十万两，才从近邻俄罗斯
购得一套钻炼设备，尤其是
那棵采油树，待一茬茬手掌凋零后
仅剩下这根落寞荒野中的拐杖了
大襟长辫，青天白日
曾挥汗如雨四十载，却没能撑住病躯

如今，独山子炼化
每年，均享拥千万吨油气的吞吐量
可不知为什么，一闭上眼睛
总会看见，有块沾满油污的烤红薯
从上个世纪初，悄然递过来
在喂入我皲裂不止的口唇之际
蜷缩于天山东坳的破棉袄
即便罹患肺痨，也不忘咯染曙色

多么不甘心啊，博物院与图书馆
逐年疯长的文字和数字

正在挤兑枯冢里的爱情和炊烟
此时，真想朝着心脏和脊梁大喊一声
都现身吧！我——国魂不散的祖辈

冰塔冰人

刚走进博物馆，一幅《冰塔冰人》的摄影
便将所有的目光，瞬间凝结
未等解说员开口，泪珠，就开始拱动
并泊上睫毛，抽动双肩

1956 年 2 月 29 日，克拉玛依二号井
正在作业。当粗糙而温暖的钻头
抚摸到地层 500 米深处
一条被囚禁了亿万年的河流，终算盼来
出逃的机会和路径。仅记得
自己曾是海洋家族的一员
真不知道，地球还经历过冰河期……所以
头都不回，直接扑向 30 米高的井架
才使得刚脱去军装，穿上工服的石油人
着实充当了一回狱警。整整三天三夜
水，不停地冲锋；人，不停地围堵，结果
钻塔，成了冰塔；钻工，成了冰人

零下近 40 度的气温呵，包括
惨遭硫化氢击倒，又强行站起来的将士们
也身披冰甲，矗立为峰

面对定格在寒风里的一朵朵笑容
摄影记者高锐毫不犹豫，双手颤抖着
举起相机："快，抓紧时间，大家合个影吧！"
只可惜，如此大的嗓门
埋伏于长津湖雪地里的另一群战友
硬是没有听见

大泽
——写给新中国第一支女子钻井队

是主动，也是被动。同样是人
不仅，头和脚，让贞节牌坊与三寸金莲
套牢锁紧，就连难以掌控的
一刹情动及相思
都必须枯萎在《女儿经》《烈女传》中
千百年来，唯能盯着男人的晴雨表
发芽、结果，王室皇宫，也没例外

最终，她们以红柳枝作笔，戈壁滩当纸
仅用三个月，识写上千个汉字
十天，学会钻井技术，随后
便凿开世界，挣脱出自己

渴了，喝一喝浮着油花的发动机循环水
饿了，嚼一嚼风干的馒头，放馊的菜
困了，无荫可乘，只好借换班之机
侧卧于沙包、碱丘，打个盹儿

且不敢做梦，生怕极易松动的螺丝铁钉
乍实还虚，攀上鼾声，坠入钻台
酿成机毁人亡

最大 29 岁，最小 16 岁，总共 42 个女人
历时三载，打了 80 口油井
至于产量，诚然，已撬起爷们儿的视角
可那是众多母亲拖欠儿女
所累积的滚滚乳汁呵
半黑半白的原油，半蓝半红的天空
也许，才是克拉玛依、准噶尔，甚至
整个时代，非肉眼可辨的真实色彩

倾听 "英雄井"

血还在淌，但，已从动脉转入静脉
迟缓，却不失稳健。我知道
你也不喜欢，穿戴如此繁多的荣誉
让有形或无形的铁壁人墙
遮拦住，本该恣意奋翔的目光

多么怀念，曾一副赤身裸体的样子
有人喝醉，扶着你的肩呕吐
有人梦游，对着你的腿撒尿
毕竟，采油树不是树呵
所以，你极其羡慕红柳、梭梭丛里
燕雀们放纵的翻飞和浪笑

可你是 193 号井，亲耳听到过母亲
干瘪断流的乳泣，亲眼看见过
兄弟姐妹，冻死在地质锤边
热死在钻机杆下
最后，连宿敌——寒流与沙暴

都忏悔成你的心跳，一浪高过一浪
年纪轻轻，便当上全国产油冠军
被誉为英雄，敬为神祇

101 窑洞，燃泪的瞩望

三人工作两人干
抽出一人搞房建
　　　　——白碱滩昔日民谣

正如这座"陈列馆"的前世，只差
一场飓风或地震，便会还原为
井场边的沙包和土丘
因此，我没敢追问，老物件的主人
都姓甚名谁，就包括
一副风镜，硬被风沙锉成了毛玻璃
而裹嵌它的皮革，也让汗水
盖满盐印碱戳

从地窝子到平房，再到楼房，无疑
是通向幸福天堂的方位，及节奏
可无限拓展的步伐与井深
一再缩短着，太多生命该有的长度

吹埋穴居，刮翻帐篷
只不过是，司空见惯的陈年往事
早已从采油树上，纷然凋落
但 101 窑洞的每扇窗，每扇门
为什么，总死盯着我的背影，不放
都离开百里数日了
仍觉得后肩发热，前额发凉

百里油区

这群身着道道服的将士，刚从长津湖
或上甘岭回来，就奉命穿插到
白垩纪和侏罗纪，赫然打响又一场战役

侦察、伏击、围剿，耗时没过几年
就让宽百里，深千米的阵地，固若金汤
而成群结队的俘虏，都多半个世纪了
仍披头散发，遍体漆黑
源源不断地，从成千上万眼地窖里钻出
以至受降的兵力严重不足，只好委派
机器人大军，全程押解

一步一颔首呵，不知能否彻悟
承载脉跳的勋章，该是奖赏，还是祈福
咋看它，更像一把浸油的钥匙
在打开大地、海洋、天空的同时，也会
反锁心灵。但愿戈壁滩上
那束渴晕饿瘦的阳光，啜饮我的汗血

能够攥住人世间，极易走火的每根钢管
好让春风吹响螺口
奏出风景，铸成永恒

头盔里的春天

百里开外。戈壁怀中
不一定依偎着绿洲，而绿洲膝下
一定嬉戏着戈壁
一群"力拔山兮气盖世"的壮汉
常年面目全非，不吝往返
向生活基地，拉回种菜养花的土壤
更没忘记给作业区
运来填坑铺路的石头

尽管，古尔班通古特，已病入膏肓
但对突兀植入的一小块皮肤
甚至一根毛发，仍会竭力排异
就连浮肿的云朵，平时
都不敢轻易歇脚

在天然气采集或处理站，唯有
春姑娘，依旧摆着风裙，揉着沙眼
把一封封情书，压在砖块下

塞入岩缝里
可，苦心祈洒的一夜喜雨
零星显影的娟秀字迹
不日，便被几双粗粝的大手
统统抹去

不知道，迎我午休的值班公寓
窗台上，几顶装满泥土的报废头盔
移栽，并疯长着的，是不是
那曾挥泪割舍的无名草芥
只知道，这是一处分娩燃料
又结扎燃料的地方

夜莺，刺绣风城油田

自嗨互拍的肱二头肌，抖音里

刚被金乌的睡眼收藏，又遭

夜莺的歌喉翻晒

当然，还有书橱中，多种文字笔记

展柜内，各项发明创造

整整一晚啊

均被插满花翎宛翅的广播

宣传推介个不停

没错，疯长着的钢铁森林对面

就是驰名中外的魔鬼之眼

拭目：要油产，还是要风景

该由二〇四九年，说了算

总之，坐地环日近二百圈了，雅丹

仍是那艘雅丹

可中国，不能再是那叶中国

狂风偶止的今晚，快逐一撤去

恐龙公园防火预警的红外摄像头吧
好让一对又一对疲惫的青春
在慢时光的长条凳上，依偎、缠绵

值守戈壁产房
——写给百口泉采油厂"玛中四"井区

从百口泉基地，驱车百里，头顶上
几朵乌云，始终形影相随
不离不弃。刚抵"玛中四"井区
便领赏到一场雨，只可惜
吻上脸膛臂膀的，不是爽身的水滴
而是吸血的蚊虫
碍于尊严和情面，我仅能
强迫自己接受这久违的重逢和亲昵

就为了"盐湖深处，再会分娩一个
克拉玛依"的勘探试井喜讯
四个人，三口井，两班倒
已经值守五年了
哪怕热得沤发烂肤，都要
紧箍的红矿帽、红工服，早辨不出
龄差和族别。但以戈壁当纸
风沙作笔，所撰写的季节之书

除永久缺失春秋两个页码外，阳光
依然是那炉阳光
月色，照旧是那窖月色
还附带，满眼，乘得清的星辰
除不尽的泪滴。唯有钻塔大汗淋漓
隐忍着盆骨压裂的剧痛，一次次
咬断岩心，让"中国制造"
从白垩纪或侏罗纪，呱呱问世

向东站

二十年的期待与守望，按理说
当时的懵懂，已然不惑
缘何，一谈起石油，平常
蜷缩的鱼尾纹，立刻，便撑开红柳花
这是曾把磨砂的太阳，整天
训得面红耳赤，东躲西藏的一群人呵
自然，每月，也将撩云的月亮
盯出水泡眼、麻雀斑

探亲假一拖再拖，婚期一推再推
甚至，有的，知道自己的孩子
已学会说话，但当面听到
"爸爸"这个称呼时，倒感觉
声音如此生涩、发颤。即便遇上急事
需要给家里通一回电话
山头踏遍，铁鞋磨穿，也难以收到
一个有效的信号，更不可能成全
纵使，只有三两句的交谈

两万六千平方公里的沉积体系刻画
三万一千平方公里的三维解释
千余次老井复查，几吨重的图纸消耗
玛北油田第一站："向东站"
盼来的、等来的、换来的——
是一座储量十亿吨的世界级大油田

国防绿与石油红

很明显，在退伍老兵李荣辉眼里
输油管、注汽管——就是枪筒、炮筒
抽油机、蒸汽炉——就是坦克、装甲车
以此类推，油田，就是战场
作业区，就是部队
所以，上级给他的班组里，调配的工人
十有八九，均为"老转"
由于满脑子的"冲锋"和"牺牲"意识
致使计量站门前的菜园子
似乎也穿上军装，并且，无不茎直叶美
苗壮成长。仿佛，全在等一声令下
旋即，火速开拔，投入战斗
难怪，当初，有人抱怨——
摸爬滚打洒汗抛泪，终于熬到服役期满
本想，套上红工服，便一劳永逸
不料，又被命运打回原形

领花、肩章、帽徽，都收藏在陈列室里

但佩戴和拥有，已不再属于

青春的躯壳。形同帅才，如此对待荣誉

——证书留下，奖金分享

说透了，这兵头将尾的管理秘诀

不过是：以心博心，让爱衍爱

才把一群男女，塑造成侠骨柔肠的铁军

毫无疑问，现今，争相怒放的"石油红"

正源自七十年前，万千攒动的国防绿

——抽肩顿足，毅然摘下的五角星

尽管，硝烟与征尘，早化作

准噶尔大地上的和风，高空中的祥云

杨拯陆，寒荒里种下青春

玉碎之前，一个闪念
人生，就能分裂出无数时空
比如，投胎转世，没降生杨虎城家里
高考志愿，没填报地质专业
大学毕业，没前往新疆
扎根克拉玛依，没申请野外工作
抵达三塘湖，没奔赴远离驻地的矿区
勘探途中，没遭遇寒流
搜救路上，没直面黑夜……

也许，您正踱步在兵谏亭或一号井
撩一撩满头月光，尽可给儿孙们酬述
国家与个人的命运拐点，绝不至于
静默成博物馆内的一尊塑像
教我有问无答，泪水狂崩

当初，曝着晒斑，裂着冻疮
搓着沙眼，熬着烛光的——

克拉美丽红山区地质总结报告
与心跳终止，仍蛰伏胸襟的蕴油彩图
依偎取煖您，仅有 22 岁的燃龄
以及，遗体火化时，梭梭柴的呜咽
殊不知，三十年后，"拯陆背斜"构造
已孵育出火烧山、北三台、彩南三大油田
从此，换算不清，多少奇迹
辗过大地，渡过远洋，掠过长空
只瞥见，一开煤气灶
就蹿起您的热血

戈壁稻

白碱滩的石头，肩并肩
手挽手，老少不分
全民皆兵，死守苍凉
可颅骨中，角力的试验
仍在进行

逼嫁而来的水和秧
毒日下，抹泪都成奢侈
只好悄然拔节抽肩
哭不吱声
却让蚂蚁，遭遇了
连绵数月的雷霆般地震

风还在刮，雨照例不下
就一季稻，待霜栖两鬓
才会俯下身，低下头

这入不敷出的战果

不忍品尝，并难当口粮
最终，被收进矿史馆
捆扎成金像，也由此
脱颖了，一颗超级心脏

五十岁出头，便被医院
宣判死刑，竟撑开
退休同人与家属的翅膀
硬给戈壁油田
孵出四季。三十年过去
脉跳犹劲，它的主人
名叫王延明

把脉时空
——写给管子画家付剑锋

真想不通，生就好色的画笔
却从不拈花惹草，只对
又老又丑，没心没肺的一群金属
情有独钟。直到你的隐忍
让我的目光，碾成星系
孵出胎盘，才发现
始终生活在管子里的自己
同时，也是管子

浏览了太多，所谓"名人"力作
总感觉，那些一成不变的
山水、花鸟、鱼虫
与其叫它们客死在纸上
还不如放回故乡。俨然，不像你
倾心的收支，可以是光纤
可以是血脉，甚至，还可以是
屋檐下，垂冰的嚎叫

一柱倦影，几缕游魂
轻易，即能并联
太阳、月亮，山川、河流
接通古今

付剑锋：一个写诗的画家
一个作画的诗人

乌尔禾之夜

太阳才隐退，举着沙戟的旋风
便把炼狱里的魔鬼城扶上天空
仓促加冕，匆忙继位
不信，你数一数，有多少颗星星
就有多少块金丝玉

没有比石油更粘人的夜色了
在乌尔禾，八匹马，驰骋溪水中
映出的倒影，却是飞翔的灵魂
所以，踏碎一团云，无异于
复圆一轮月。而长生帐与启明塔
凭借探照灯相互打出的哑语
只有，白杨河能听清
大峡谷能看懂

谁都不再怀疑，西部乌镇的子夜
势必尘嚣疯长，但孤独和寂寞
正把酒兴煎得生烟

原打算，讨扰一下，刚卸掉
朝曙夕霞的油田兄弟，未曾料到
入梦之前，他们早已备好
墨翠镏金的诗思盛宴，仅需仰望
即可大快朵颐

喀什噶尔，退休的木轱辘

到底谁的创意？把一批接一批
退休的木轱辘，又安置在
林带、花坛、房舍
尽管，没再发出聒耳的吱扭声
却让巧舌如簧的乌鸫
仍肃然起敬

一个靠毛驴车
苦撑了上千年的民族，恨不得
给雷电也装上轮子，以免
小花帽与艾德莱斯裙上
绣出来的太阳，不是一枚火炭
就是一张烤馕
连半瞥流云，都不曾眨动天空

自从有人发现并开掘出油井
——这个宇宙虫洞，且让机翼
将秃岭莽山，大漠远洋对折

镏金镶玉的皮鞭，便复归于土
或疯长成树，或怒放为花
使曾搭袷袢现拎密码箱的主人
中午，还在喀什噶尔
剔着飞沙，嚼一盘抓饭
晚间，即可在厦门，就着细雨
品满桌海鲜

高台民居，耳朵里的炊烟

起初，从黄土崖上拱出来的，是一丛
没被山洪衔牢的脚和蹄，随即
便衍生出亭台楼阁，及一袭传奇

说实话，再坚硬的石头，也架不住
烈日与飓风的持久青睐
但，一经炊烟拥吻，每坨泥
即可铸型为陶，一经爱情抚慰
每块砖，便能巧雕成花

一个比巴掌稍大的地方，儿女们成婚
只好又高砌一屋，所以，层层加码
并非为了登峰造极，一览众山
更没奢望，扯一袂云朵，揩去
摊手耸肩后的辛酸
唯有拉面馆或玉器店的吆喝声
貌似雨滴、雪片、天然气火苗
无休止自天上飘下来，从地底蹿上来
以此慰藉：先民未古，古城犹在

叶尔羌河，在图木舒克撒了一回娇

显然，叶尔羌河在途经图木舒克时
已嬗变为女儿身。只见她
碧水盈眶，涟漪齐腰，径直拥入
两腮胡杨、满胸芦苇的沙漠怀中，错愕得
竟使一只蝌蚪，卡住了鸬鹚的喉咙
让我双眸刚出鞘的锋芒，片刻
就融化成一汪水

真该歇歇脚了，尤其，被卷入南疆的沙画里
还能艳遇一块湿地，当属万幸
可诀别显赫在图腾中的雄浑和恣肆
又无异于割舍自己的骑影

博物馆，仅凭炮弹壳打造的砍土镘
红柳条编织的抬把子，以及，天然气巡线工
穿烂的翻毛靴，便足以印证
此时，年轻的城郭里，芽苞、花蕾、笑靥
正搏动洄溯着谁，羞赧的心跳

西气东输

塔克拉玛干腹地，经烈日蒸馏
风沙调味，地壳蕴藏的一大窖老酒
最先，被轮台的钻机
扯去了封条，揭开了盖板
并相继灌入十二木卡姆、花儿、秦腔
坠子、黄梅戏、评弹、沪剧瓶中
后，又借亲眷助力，友邦加盟
绘制出环绕地球半圈的交响乐线谱，已让
近五亿人的家门，涌进暖流、曲香

不知是否有人算清过，全国四百多个城市
累积八千余万方的天然气消耗
是多少吨柴禾、煤炭的当量，仅知道
地，越来越绿了
天，越来越蓝了
井，越来越深了
石油人的背影，越来越远了

而宿营地，愈发荒芜的发际
太阳和月亮的脸庞
均过早脱水成一枚干杏

气化南疆

无疑，每座天然气处理站，既是肝脏
又是肾脏，更是一颗超级心脏
不论动脉、静脉，还是毛细血管
都需要把输出功能发挥到极限

春去秋来，逐水草而居的先民，早已把
盆地版图，繁育成青黄渐变的巴丹杏
只不过，塔克拉玛干沙漠，这颗硕大的果核
壁厚而仁涩。胡杨、梭梭、红柳
来不及传宗接代
就被斧头、炒瓢、火炕掳去
使风沙的胃口，与日俱增

"事关民生，赔本也干！"
"西气东输"后，"气化南疆"的纤绳
又勒进塔里木石油人的肩膊
还不到十年，"蓝金时代"便闪亮登场
一百万平方千米的土地上，没落下

一村一户。可衣盔皆红的"蜘蛛侠"知道

气井有多深，汗就有多满

管线有多长，家就有多远

乌恰末站，重叠的岁月

从数据监控室到输气装置区，十步
从输气装置区到数据监控室，十步
日复一日，年复一年
每天，必须完成七千多步

乌恰，因地震频发，岩层疏松
人口也疏松，但先后有
"战神"玛纳斯，"医圣"吴登云
硬在这里扎下了根。此时
一副老面孔，一身新工服，即便
背对电脑端坐，接受采访
都像极了，阿克莫木气田的钻机

隆冬，气压在管内，竭力嚎叫
盛夏，流速使管外，频繁结霜
对于烧饭取暖，才告别柴煤的城乡
当然，听不到，更看不见
就如同千里之外，谁的妻子

临产前，忍痛隐泪

没等拨完那串熟悉而陌生的手机号

又让自己无力的手指，摁掉了

一群黄羊，奏响英买力气田

这地壳里，刚被挠醒的生命，肯定
早在亿万年前，就谋划过
子孙万代的赓续
可再繁多、壮硕、强劲的绿植
也噙不住刀斧蔓延的寒光
无奈，只好化己为煤，为油，为气
赔本与人类开展交易
让整个地球，透明成——我闭上眼睛
都能看清的一撮水母

但英买力气田笃信，自己是一架钢琴
戈壁枝头，阳光、月光，是白键
钻塔根梢，油流、气流，是黑键
已然醉氧的鹅喉羚，蹄疾如雨
肆意敲打着我的软肋

罗布人村寨，又栖上塔里木河

又到了枯水期。一路劳顿的塔里木河
在与我讯问的目光，再度相会时
仍一言不发，仅捋了捋，稀疏的胡杨

所幸，断流、弃田、废城……并没能
终止太阳家族的脉跳。先哲学鱼
苦撑着老胡杨独木舟，逆水而上
总算抵达水源地——雪山、冰川脚下
又得以安身立命，繁衍生息

木，接着伐；柴，照样砍，直到
绿洲再度出逃，沙漠继续入侵
直到有谁，把太多钻塔钉进南疆版图
并将天然气纺出线，织成网
甚至，让一条无名小溪，都蛰居为蛹
夜色来袭，也不忘给天空的大门
贴上祥云，铆足铜钉

梧桐树上的阿克苏

没想到，南京的市树——
法国梧桐，远嫁西北边陲，也能够
如此娇媚。酷似多年前
与我对桌共事准噶尔油田的一位女孩
皮薄肤嫩，鬓疏发密，腰细腿长
照样，一条迷彩裤，仍需伴装遮掩住
太过繁嚣遥逅的往事

她曾夸赞家乡：路边，任何一坑水
哪怕拎个编织袋，不慎滑落，捞出来
都会鱼蟹满载。尤其
说完，还冲你诡谲一笑
红富士脸蛋，冰糖心酒窝，刹那间
就让阿克苏苹果，甜透了全世界

如今，天然气丛林的枝丫上
身穿红工服的凤与凰，接踵而来
唯有点燃我青春的那一只，估摸

彩羽已染秋霜，也没见归巢
却使塔里木浮肿的沙眼
噙着昆仑山的雪，又滴着天山的雨

库车，大峡谷的再度分娩

天山——这支豆荚，着实没能拗住
大漠日头穷追不舍地炙烤，而訇然开裂
先后崩出雪花雨珠，森林草原
飞禽走兽，村落城郭，以及龟兹乐舞

跻身峡谷，无异于重返子宫
可百里之外，我压裂大队的石油兄弟们
也在实施一项剖腹产手术。他们
以水为刀，摸黑割开近万米深的岩砂
来不及擦去油污里的汗与泪
便蹲守钢管铁罐的襁褓旁，煎熬着那声
再熟悉不过的啼哭

截至目前，连一颗空乘的小白杏
都能代言：憋屈了亿万年的石油天然气
一经分娩，就成为
身披铠甲的绿洲卫士，况且

始终，焚烧着自己的骨髓、精血、呼吸
让皮鞍木轮的伤痕，柴薪粪炭的余烬
蓦然，在库车的晨幕上消遁

小油泡，大油泡

单凭想象，这座矮小却不失挺拔的沥青丘
本该是一匹黑色的汗血马，先后让
西伯利亚寒流砍过，古尔班通古特沙暴鞭过
最终，扑倒在青克斯山下，夕阳的血泊里
脖子僵硬，依旧扬起
胡杨、梭梭、芦苇的烈鬃
眸子干瘪，照样涌出
太阳、月亮、星星的泪珠

其实，深埋于几千米之下的无名生灵
两亿年前就开始吐露真情，只可惜
早已称霸陆海空的恐龙家族，尚未等到
将地表的石头敲磨出刃，便灰飞烟灭
荒原遗书，殊不知，被一群戴眼镜、攥图纸
拎管钳、握刹把的人类，读懂、参透
起初，破衣烂衫、风餐露宿，立下的誓言
却分娩了新中国第一个大油田，随即
又诞生了世界上唯一以石油命名的城市

经历了比戈壁、沙粒还多的苦难，谦于立传
总得树块碑吧，于是
一座名叫"克拉玛依生日"的地标式建筑
拱土成峰。虽说，其创意
源自黑油山上昙花一现的小油泡，但给予
庞大的体量和坚硬的不锈钢材质
谁，还会担心，一触即发的梦想，能够破灭
也有人言，它更像"小西湖"公墓——
那些仍然绞尽脑汁的头颅
以及，难瞑的眼

雕塑《克拉玛依之歌》断想

八凤、四凤、一凰，自下而上
层位分明，又喙牵翅握，升腾着
老中青三代
普罗米修斯的胆识与荣耀
酷似排箫的喷柱里，仿佛，仍渲染着
当年的一号井，厚积厚发的原油
喜极而泣的面孔。智能灯和主题音乐
每隔十五秒，变幻一回色谱
恰如荒原，油气放燃时的七彩烈焰

作为共和国石油长子
五十八米的个头，并非他的实际身高
而是，刚满三岁时，自己
就往中华大地——这个户籍册里
所填报的克拉玛依市诞辰

面对瞬息万变的嚣生寂灭
没有比涅槃更痛苦，也更欢欣的事了

可神鸟们比翼齐飞的浪漫写意
让我想起三八女子钻井队
抬钻杆、扛水泥……太过悲壮的场景

吕远，把一堆钢铁，写成一首歌
韩美林，将一首歌，又塑成一堆钢铁
应该同样体验过：浴火重生

徜徉凤栖湖畔

一条人工河，让谁，冥想了半个世纪
以至于，当海蓝宝石吊坠，果真
戴上毛发稀疏的戈壁滩时
面对一汪羞怯的眼神，二十多年过去
石油人的心跳，尽管，怦然如初
却仍然没能给她起出，最理想的名字

西郊水库、阿依库勒、凤栖湖
无论怎样陈述、描绘和抒情，皆让我
念念不忘，儿时，被风雪扇旺
招玩伴们围烤的"小手炉"，殊不知
此后，竟衍生出
一枚同样粘人的名词——"水景房"
使别墅开发商，赚得盆满钵满

每逢八月八日，曾极度
缺水的克拉玛依，从新世纪这天开始
都会在《水来了》的雕塑前

酝酿并发生一场"海啸"。市民们
身着"水节"盛装
奢华、忘情于泼水、戏水之时，可我
兀自吞吐的烟圈里，总在隐现——
百里汲水的驼阵
排队分水的脸盆、牙缸
赴死引水的坟堆

夜读文化街

也就千米开外的一条街，刚一抬脚
便踏进"恐龙时代"。紧接着
"油田传说""神龙飞天"等十五组浮雕
横着，为美术家刀下
——从愚昧到文明的一座
"克拉玛依颂"艺术墙。竖起来
不过是，钻井工手里
——从葱茏到荒芜的一截，地球中生代
生命演变史的岩心

其实，"文化之脉""文化之光"
每一刹那的跳动、闪烁
全由"文化之源"的水起搏，但它分明
是泪水、汗水、血水
十三个主要民族，二十六尊男女塑像
均可作证：百里油区，不曾有水
只有，相濡以沫的忠贞、坚韧

"青龙""朱雀""白虎""玄武"
在这里，仅能代表东、南、西、北
四个方位，至于四季的象征
烈日钟情、寒流眷恋的戈壁滩，就根本
寻不着春、秋的倩影
倒是"大禹治水""女娲补天"
"夸父逐日""伏羲八卦"等六根立柱
始终支撑着边塞石油人
献青春、献终身、献子孙的执念

此时，新年已然降临，我仍能听见
花岗岩石碑上，易中天的《克拉玛依赋》
被钟楼广场出窍的黄铜，翻诵

金丝玉，定格时空

太荒凉了，终日，非黑即白的煎熬
连荒凉自身，都无法忍受
于是，又一茬殉情入殓的花簇、鱼群
在尚未修炼成煤炭、石油之前
便被你从胸腔里掏出来
并撒向弦断、膜裂的河床、沙丘

这硅化的湖泊、森林、草原
你本想，让长徙的鸿雁松松翅
奔命的黄羊歇歇脚，尽管是望梅止渴
也能给无辜的生命，些许安慰
但"宝石光""五彩冻""沙漠漆"
一经从钻井营地、采油站
书桌、茶几上盛开，便引爆
全民拣玉的激情。如今，"地上有玉"
使"地下有油"的克拉玛依，横添了
一种产业、一笔财富、一张名片

强忍着比火山喷涌、风沙打磨

盐碱蚀刻，还疼痛千百倍的凌迟酷刑

玉镯、玉坠、玉链、玉戒

哪怕再漂亮，也改变不了，我始终对

瑕不掩瑜的原石钟爱

黑麦岭

超越时空而疯长着的向往
竟使我本能地来回踱步
一口油井到另一口油井，恰恰是
两颗恒星的距离
可到底是谁，突发奇想
在这躁动不安的亚欧板块上
铆了这么多的钉子

被强悍的日头围剿太久
胡杨无泪。但仍在吹响风笛
隆起汗津津的戈壁

浴血攀过千米夜晚
便能触摸那片亮闪闪的黑麦了
这赖以生存的又一种食粮
仅供养一个世纪
就进化了全球所有的人种

年夜饭

这一刻，浮雕墙上的刹把、管钳、扳手
本该是一支支漏勺
频频伸向黑油山每口汤锅
去捞，那非苦即咸的三百六十五枚月亮
只可惜，连叹息都破碎成一串泡沫

"过年了！"——文化街高仿的古钟
在发出第十二声吆喝时，夜色更浓
我看不清，已然，凝结为花岗岩的睫毛
是否，也会眨动一下
但分明听见，岁月深处
地上地下，两副钢牙
啃嚼窝头和石头的脆响

戈壁祭台

太久远了，以至于翻开地壳
从青碑黑字里，人们仅读懂了
燃煤、塑料、橡胶……
殊不知，每次井喷，都诉有
众多生灵，爱恨情仇的家族史
就如同，随机闪入我眸的一尘光亮
极有可能是，不明星球
亿万年前，研学通宵的一苗烛火

或许，一起蹲石牢、结狱友的钢铁
最能体恤石油的命运
看吧，在这延绵千里的戈壁滩上
它们拼命地磕着响头
并摆满了太阳、月亮、星星
黄羊角、骆驼刺的祭品

采油树，那曾战栗的叶片

如今，微机程控室里，水草般的长发
尽管，甩开了狂沙暴雪
最终，还是没能把时光缠住
而采油树，那曾战栗的叶片，究竟是
谁的手指，握不住钢笔，仍须抄录仪表
并接连呼出体内的阳光
化开冻结的墨水
任由两页裂唇，写满漠空之蓝

巡井途中，折几束粉嘟嘟的红柳枝作经线
扯几串金灿灿的胡杨叶当纬线
难道，真能织出青春的彩霞
几张隆冬与深秋的黑白照片，几十年后
依旧寒气逼人，却被一群
足不出户的红衣女子围烤着，经常
声泪俱下

克拉玛依，飓风犹在

一扇通向未来的生门，镶有沙漠、戈壁
嵌有苦难、死亡
一经被地质锤叩开，自然就会跟进——
百里汲水的驼阵
排队分水的脸盆、牙缸
赴死引水的坟堆

克拉玛依啊，您情不自禁的十二级大风
当年，掀翻帐篷，埋葬地窝子
现在，照样揭去楼顶，砍伐人工林

只为摘掉那顶"贫油"的帽子
一块蛮荒之地，硬是植入、葳蕤了
五湖四海的乡音

横躺着，是一座从愚昧到文明的城市
竖起来，不过是，钻井工手里
从葱茏到荒芜的一截，地球中生代
生命演变史的岩心

当磕头机不再磕头

恰似干打垒房屋、院墙
——这童年故乡的痕迹，已统统让
钢筋混凝土抹去
如今，准噶尔盆地
司空见惯的磕头机，也逐步
被直抽式采油机取代

鞠躬索油，磕头谢恩的宏大现场
曾打动过太多的游客、路人
暂时还难以接受，一排排蓝色的铁桩
杵在戈壁，锁住联想。虽说
多了原油产量，但
少了诗情画意

追忆劈柴挑水，拾煤生炉的苦日子
正视国家缺油，直逼
能源安全警戒线的残酷现实
民族脊梁，百姓福祉
方为人世间，最美的风景

一场飓风，像不曾刮过

并非睡得太沉。即使
鼾响雷动，
平生，也得让梦睁开眼睛

我知道，这场大风
原本，夹有汗雹的
全被戈壁钻机，甩去了
原本，夹有泪霰的
全被异乡塔吊，吞下了
原本，夹有硝烟的
全被边关哨卡，滤掉了

所以，深夜
当十二级寒潮扑向我时
便好像什么都不曾发生

倒是，黎明的几声娇咳
一次就花光了全城的叶币

在雨中遥想戈壁刺玫

大可不必再度揪心，潇湘馆
抚胸蹙眉的娇咳了
因这清风细雨，理应是春天
重赏江南的又一场花事

请原谅，今天我让闲情逸致
占有了地球五分钟的公转
来瞥一眼久违的大自然
从未发过请柬的婚礼

当迷蒙的雾气，帮各色月季
披上薄纱，是谁屏住呼吸
竟开始惦念戈壁滩上，每年
只开一回的刺玫

此时，她们也正值芳华妙龄
究竟能否用数倍于枝的根

攥住石缝里仅存的几滴雪水

去溶解残阳余晖，好给

自己贫血的两腮搽点胭脂

日落小西湖

一眼碱泉，几棵胡杨
便享有"小西湖"的美名，况且
这块风水宝地，只配逝者拥有
活着的人，心甘情愿
住落叶般随风摇曳的帐篷
啃比石头蛋子还硬、还凉的干馕

都曾是扛钻杆的硬汉，背水泥的烈女
追求过事业，抚慰过爱情
生养过孩子
可油田，无限拓展的步伐与井深
一再缩短着戈壁、沙漠里
太多生命该有的长度

日渐枯竭的"湖"水
已映不全夕阳的倒影，却继续哺育着
一座城、一群人的灵魂

仰望三号矿坑

不容置疑，骨头，甚至血肉
有时，比岩石还要坚硬。这就注定了
——坑有多深，山有多高

俨然，可可托海三号矿
并非只是熬干了泪的眼窝，仅凭坑底
倒映在积水里的一朵流云
足以仰起我的视角。更何况
砸向铝盔的石雹，浸透冰馕的血渍
啃噬咸菜的矿渣
在锻打一根根脊梁，也在延展
一片片坟茔，他们都格外挺拔、巍峨

原本就欠温饱，又恰逢自然灾害连年
无疑，铍、锂、钽、铌、铯……
便成为一棵棵救命的稻草
分担着国家近一半外债，布尔津码头

将矿石运走了，把粮食省下了

如今，坑已止挖
而山，仍在拔节

倾听神钟山

其实，他是一个人，不是一尊神
只不过，是拖着
比石头、金属还重的泪，所碾压的腿
一瘸一拐，仍执意朝高处攀行
稍事发力
便从雪缠云绕的绷带里，淤出大峡谷
——春与秋，两腮曙色或夕光
吞吐着额尔齐斯河
——坚冰下，满眼星斗的呼吸

其实，她不是一口钟，是一颗心
即便是钟，也是
吃一堑长一智的警钟呵
好让可可托海矿脉，每一刹那的悸动
均回荡着阿米尔萨拉情侣桥
向死而生的胎音

抚摸地下电站

可可托海，没有海
除了河流，便是汗流、泪流、血流
正如，这来自地底的每根电线
都是手臂，伸向矿洞
便点亮、焐热了整个地壳和太空

多么想穿越到那个无坚不摧的年代
将自己化成一滴雨
像烽火中的家书，前去抚慰
百米之下，我的父辈，成年累月
不见天日的身心憔悴。但
可可托海的时空，大多是由
冰雪凝成，连导弹也钻不透的地方
严寒，依然惠顾

当初，那块被誉为"雄鸡"的版图
还是一只羽翼未丰的鸽子呢
有量身订制的伊雷木湖，即可作证

前仆后继的"人海战术"
仅仅，为了让幸福与安宁
及早衔来橄榄枝

红砖国道

动员 2000 余名职工，历时 4 年零 9 个月
使用 6129 万块砖，铺设了 102 公里路
——列入吉尼斯世界纪录的
不仅仅是一组数据
应该还有，土窑里，胡杨、梭梭
哔剥燃烧的泪；工地上，窝头、咸菜中
瓢泼倾洒的汗

如今，一条柏油路，好似天降
纵横大漠，傲视苍穹，但，从不敢嘲笑
——静卧在身旁，肤色犹红的"兄长"
因为，就在全球之最：砖砌国道
竣工通车的两年前，隔壁的一朵蘑菇云
同样，起搏了"死亡之海"
那些衣服褴褛、忍饥挨饿的先驱
带走了荒凉，留下了绿荫

库格铁路

这是体长 1214 公里的一只春蚕
从库尔勒到格尔木
一路上，吃进去的，是风沙
吐出来的，却是丝线

遇山凿洞，逢水架桥
按理说，在这世界上，还没有
"基建狂魔"攻不破的天堑
可火车行至若羌时，到底是谁
硬让铁轨拐出一个 C 字的弯

莫非，想替曾走近楼兰的玄奘
擦回汗，给深山采玉的民工
添些暖。尤其，百万亩的红枣
十多种的稀有矿产，现如今
均被幸福和安宁
装上轴承，擎上云端

老君庙的春天
——写给中国石油之父孙健初

饿殍遍野。祁连山的雪
经过阳光与战火的烘烤，更像一冢
外焦里嫩的馒头了

还是那座老君庙，谁也没曾料想
《道德经》中，不着墨迹的一棵油苗
会在地质锤的叩问中
从窑洞、石缝、沙土、冰碴里拱出来
淘金人刚走，倭寇、土匪犹在
青丝凌乱，长衫褴褛的您
索性把笔杆上的羊毫，置换成钻头
让掩埋了太久的春风
自几十米、几百米的地层，频繁亮相
沿石油河谷，眷顾了整个玉门

也就七十前后，驴蹄、马蹄、驼蹄
车轮、叶轮、涡轮

却承载了炯然不同的人生旅程

以至于，分享着天然气

送来的地暖、茶香

我在读您、写您的此刻，极难

将石油先驱，与煤毒亡灵，划定等式

可一经接通史学的心跳

便不再怀疑，那有色似瞳仁

无色若目光的能源

在中华大地，完全是

血水、泪水、汗水的调和物

志气、勇气、豪气的集成品

冷湖，我欠您一个拥抱

来得太迟了。此时，戈壁另端的我
就像《嘎俄丽泰》里
那位赴约的哈萨克青年，紧赶慢赶
结果，"帐篷"在，您却不在

也难怪，就连一棵草，一只苍蝇
都不敢歇脚的混沌之所
怎舍得，让一代又一代的石油晚辈
生于地球，活在火星
从看图识字本，到生物教科书
纸边发毛，嘴上起泡，照样
感受不到，人类以外的生命体征

可鹤去楼空，最终，并非源自
海拔太高，氧气太少，人生太苦
而是，方圆千里
曾斐名中外的柴达木地脂
尚不知天命，就瘦成了：一把骨头

这绕成磁带、碎作碟片的偌大废墟
令我笃信，仅需将耳朵贴近
它残破的门洞、窗穴，便能听见
医院的啼哭，学校的诵读
酒店的划拳，商铺的叫卖，甚至是
集体宿舍，打情骂俏的回声

面对东奔西走的能源"游牧"
忘不了，也不能忘
残垣断壁的尽头，还有四百多位
甘愿定居的老少"民族"
尽管，墓碑高耸，生平壮烈
林带里的土壤，始终保湿
但反复试栽的一排排、一行行松柏
依旧，没长出半枚叶芽

花土沟逸事

无须引经据典，追根溯源，石油人
最初，踏入的疆域
大多为白纸一张。目光所及处
顺手一指，随口一说
便可轻松分娩一个地名
在青海油田，千佛崖如此
花土沟，也如此

由于严重脱水，而过早衰老的山谷
满脸皱褶，还真的，如莲似菊
全球海拔最高的一口油井，就坐落在
盐湖之畔，秃岭之巅
如今，产量虽已明显递减
但磕头机，仍在磕头

毫无悬念，是行业高薪
相继引来十万人口，硬把生命禁区
锻造出一个堪比县城的小镇

建安、宾服、餐饮、美发
一时间，云起云涌，花开花落

因油而生，因油而兴。半生的辛劳
只等退休后
定居绿洲，安度晚年
殊不知，花土沟，是如来佛的手心
一旦把自己锤炼成高原人
总拗不过
生于缺氧，死于醉氧的铁律

石油里的敦煌

从没想过，去莫高窟，沾点佛缘
到月牙泉，淋点浪漫
往鸣沙山，泄点委曲。抑或
为一次次饯行，噙泪拧开阳关的月光
给一回回接风，绽笑摆满
三陇沙雅丹的晚霞

只可惜，对于青海石油人
光山秃岭的每道皱褶，均雕有一尊佛像
"牛郎织女"的相会，挽手荒漠
也能听见布谷鸟的叫声
更何况，钻机、油管的抒怀
片刻，都没有停播过
至于生离死别，早已经成为家常便饭

之所以，跨域越界，把油田总部
迁往敦煌，是因为，千里之外
生产基地的十多万员工，活着要进食

病了需就医，子女得上学
很无奈，柴达木盆地，潜藏繁华
却裸露苍凉

如果，当你不经意发现
有身穿红工服的人，瞅着一坑水发呆
抱着一棵树流泪，请别奇怪
七里镇不大，却辽阔了
太多、太多"苦行僧"的奢望

第二辑 边缘镜像

分不清晨曦，还是黄昏
但见时光，喘着微风
红着日头，伏地向我忏悔——
"真不该，过早荒芜你的青春
凋零你的恋情，否则
怎可能华发丛生
仍笔耕不辍，与岁月抗衡"
以至于让边陲老城
也惊现冻龄

潜逃的时光，在跪地求饶

单凭我悄然荒芜的额头
即可预知，很快，漫天飞雪
将轮番围剿你的乌发
而记忆中，草稠苗稀的蓖麻
齿豁辫翘的锄影，早停止生长
"大寨田"里的实验
只好留给小学，由梦反刍

久别重逢，实在难以澄清
温文尔雅的岁月，到底
听信了谁的蛊惑？竟忍心翻过
如此之陡之黑的鼾声
圆满完成对青春的谋杀

还好，你我匆匆一拥
所投下的夜色，并没被午后的
日头拉长，便有幸俯瞰
潜逃的时光，在跪地求饶

喘息的翅膀

一棵古榆，舍去半只胳膊
才使金山书院的眼睫，挂上星辰
阳台上，树影编织的圆桌和靠椅
每天，忙于接待慵懒的日珥、月晕
实在没空理会
我这个心急火燎的诗人

可是，为抵达这间房
我十三岁就启程了
窗外，生性俏皮的额尔齐斯河
此时，像叮在树干上
蜻蜓的翅膀，一动不动

无暇弥留

逐水向西，阿尔泰山脉
侥幸没被界碑绊倒，却由此
开始秃顶、褪色。当哈巴河
终于攒足昼金夜银，携梦还乡
无奈，额尔齐斯
已病入膏肓，正诀别故土

似断还连的背影
欲静又动的脚步，再次逼我噙满
叶落成冢的黄昏……包括
拥堵视野的沙丘、柽柳
也都惊现着谁的眼袋、皱纹

适才，还瞧见您
缫云抽霞，浅吟低唱
边给冷艳的喀纳斯蓝精灵
缝制嫁衣

边把喧闹的禾木山花奶饱哄睡
而我，放浪形骸的车轮
仅仅，驶出，一个多时辰

幸好，没有擦肩而过

山坳里，催情的阳光
总是迟到。转眼就天寒地冻
只好赶紧抚平所有的代沟
让冰臼雪窟，一起妊娠分娩
可以断言，禾木与喀纳斯
这两条河流，即便
同宗同源，终因百转千回
有时，近在咫尺
也阴差阳错

奎汗汇口，分明是青铜白瓷
千载难逢的倾心交合
却哗变成一场远洋的舌吻
正值相见恨晚
抱头痛哭的瞬际
群星四溅，稍不留神
已触响碧空满月的丧钟

秋至春来

称谓，一日三变。对于
行将冬眠的季节，真不知道
是恪守的春风，想把秋
自缚了太久的时光，拽回
抑或，全然不顾
骄阳围剿，寒霜行刺
紧赶慢赶的，唯恐与秋
不能并蒂凋落

一切，如此突兀，而又随心
既然，天空不再透明
所有的窗棂，便形同虚设
在几朵绵湿的燕鸣声中
墙的影子，也该注定
耸满青苔

哲罗鲑与缪斯

大约都知道，竭力攀上去
站在至高点，凭栏远望
除了湖拽着湖，风扯着风
云压着云，什么也没有
然而，还是有人拾级而上
穷追不舍，乐此不疲

据说，有人看见
一头老牛，在岸边饮水
曾被鱼尾扇进湖里
一次地震，几条比游艇
还宽还长的黑影
曾浮出水面，跃向空中
或许……就没有或许
所有的言辞，极有可能
是奸商拉客的骗局

可我，儿时就觉察到

湖怪的踪迹了
并耗去多半生，现仍在
苦苦寻觅。她的学名
不叫哲罗鲑，是叫缪斯

找泥土疗伤

这个名不见经传的半拉子山沟
有几架客机，果真如
亮程兄所愿，陆续掉了下来
被拖到"农机站"
并将舱里舱外，全部置换成
土豆、萝卜、白菜的配件
其目的，竟然不是叫它
重振雄风，而是永远搁浅

"窗户上的灰尘别擦
菜地里的杂草别拔
大自然的东西，一点都不脏
更不会多余……"

曾经，是谁裹着万米厚的棉袄
依旧令我的双耳，触摸到
苍穹，超音速的心跳。只是
从未想过，我留给泥土的伤口

最终，还须交付泥土愈合
所以，在菜籽沟
花一整天，去关注
一群蚂蚁的闲聊
两只蜗牛的交媾，也是幸福的
因为百里开外，时光快得
想哭，都找不到地方

西伯利亚的寒流，老了

在克拉玛依，这么多年
我从未见过，哪一茬秋季
能够把咸水苦沙
喂养大的榆树，熬成
身披金甲的一代帝王

俨然，西伯利亚的寒流
不是变暖了，而是变老了
据说，十一月初
还有人看到，它翻越果子沟时
踉踉跄跄，又跌了一跤
至今仍雪缠跛腿，重伤难愈
因而，得以让四时的末端
惊艳奢华，到了极点

每日，足以爆屏的各地风景
一再怂恿我，开始思念

春天的往事。记忆中并没刮风

不料，想着想着

满城的叶片，就掉光了

夜听风与叶絮语

你说，我的那些诗句，一读
便潸然泪下……殊不知
那是前世，咱们来不及
掏完的情话
所以，佛祖让你来守我一夜
仅此一夜呵，包括你的
谦恭聪颖，我的骄横蛮昧
都原形毕露，不由自主

月光下，直到水汪汪的身体
全都向我抽闸，才想起
千年前的一个黄昏
大兵压境，宫娥哀号
我及时敞开滴血的铠甲
藏匿过一名行将自缢的仕女

塬上的白毛风，吹老了
你满树碧发，就如同

今晚的枕，不屑再托起
太沉的往事
以身相许，只是为了报答
剑锋上放生的红颜薄命
本不该奢求，一生的恋情

然而，冥冥之中的那场暴雪
注定也会如期来临
宝贝儿，你浸骨弥香的体温
还没能完全偎热我的心灵
便闪电般离去，让我
如何抵御又一轮漫长的冬季

读月

自从读懂你，再葱郁的树梢
也很难结出满月
一柄辍弦的耳，一叶噙露的眼
一瓣凝霞的唇……肃穆成
我仰角里，整幅迟归的肖像

看来，天上的阴晴圆缺
最终仍由人间的悲欢离合确定
入夜，你以冰凉的舌舐我
缘何，引燃隔世春昼

吐丝毕生，做梦都没想到
作茧是为了破茧。左岸的星火
即便，遥及光年，却早被
玉体轻翅，扇旺

自然，嫦娥、塞勒涅

阿尔忒弥斯……纵有万卷传说
也漫不过，今生
你抽肩泛起的浪花满头

白头之水

我知道，你的头颅
仍凌空攒动，只是昨夜
经风轻轻一梳
荒野与闹市，均落满白发

水老了。老得连转眼一瞥
振臂一呼的力气，都没了
撒娇的浪，倾情的雨
羞赧的雾……
已很难让人相信
坚冰的棺椁，还能噙住
草籽的鼾声

或许，我就不该告诉你
这只蜡笔涂鸦的木制陀螺
转速稍快，便酷似
一枚败絮的棉桃

雪停了，时光，也喜欢
炫耀纯粹。直至日头
再度上紧发条，触礁西极
磕出黄昏那片瘀血

怀桑

不知不觉，就连我拱手让出的
大半片桑叶
又很快，被你啃噬殆尽

如今，瞅见你，过早攀附在
金棺银椁里，我开始怀疑
长夜不再鼾作，是否还能破晓
朽根枯藤，当真，会绽开
并放飞，那只粉嘟嘟的蚕蛾

最终，叶被摘光
我啼血的视线，仍在倾吐

我把一片鳞，落在湖中

唯独我知道，雷闪过后
那些稀有的幸福时光，势必也会
结晶而出
只是临行前，太不留神
被山谷里的风，摘去一片甲

其实，鳞上的每朵斑纹
均为字符记载的故事
关于光，关于水，关于爱
就因为出门太久，连作者自己
已不能诠释

据说，没发生地震，目前
神秘的湖怪，也在频繁现身
可她每翻腾一回，就有人数日
在戈壁滩上，舔舐伤口

沙丘遇狐

彩玉滩，一座守寡多年的沙丘
此刻，已情奢智昏
竟然，无视铁锹、木棍的威胁
轻易便扼住引擎，掳去轮胎
非要逼我聆听，她编纂了
毕生的死亡词典，甚至
不吝唤来一只同样饥渴的狐狸

十米、九米、八米、七米
我总算看清了，这位仙姐儿
是想再次燃起，从商纣王那里
宠出的胆量，亦步亦趋
果真像极了龙床上的绣枕
连我，贫居戈壁都愿放弃赶考
难怪朝代更迭，比闪电还快

可命中注定，你就是一尾彗星
能游出太阳越来越冷的目光

却跳不出人类越来越热的掌心

请原谅，我永远不会向你
投掷食物，并不停地驱赶你逃
唯恐哪一天，你也步
姐妹们的后尘，失足于佞笑里
断魂在玉颈上

空墙题照

已经熟透了：那杏眼
那桃唇，那麦发……以及
被太过温暖的失眠
孵出的长夜

说实话，最惹眼的
就属胭腮边
一颗忽暗忽明的星星了
恨不能，自己成为
这人参果的脸庞
可牵能倚的蔂蒂弱枝

几乎不用猜，每眨下睫
都会游出两尾火狐
更何况，现在
你还仅仅是，囚于
二维世界里的照片

倒不用担心，天外有天

人外有人，即便

宇宙在坍缩

灵魂在膨胀

只要，别臆想拆去

当初，搬来上千块月亮

才垒起的空墙

偶遇

窗外的阳光，整匹整匹地暗下去
而灯火，一尾一尾地亮起来
每端起酒杯，我都怀疑
自己是个铁匠，用液体的锤
锻打完天色后，就剩下人烟了

真的，不想再去剖析
早已定型的表情背后的秘密
如果，佯笑也能换来真哭
倒希望躺回草原，重温云卷云舒
可机缘，有时候，巧合得
让人不能不相信：一切皆有安排
全是命中注定

太感谢，始终丈量着我的行踪
如同那天，鬼使神差的生日晚宴
没有蛋糕，没有蜡烛
唯有异曲同工的一尊火锅

隔代共识的两副倦容

别前，我本该不停地挥动手臂
只可惜，被长夜和楼丛
淹没的，不只是你的翅膀

馈赠
——写给石河子

从没想过，身着戎装去见缪斯
可在石河子，当年
正是她，把每一缕漠风
都辫起来，并焗成撩人的绿色

直到已知天命，才恍然大悟
军垦广场，被甜蜜和寒霜
压弯的枝头，最终
就结了两枚果实
而这座拓荒小城，曾慷慨相赠
竟使我富足了毕生

一枚叫作诗歌
一枚叫作爱情

吐鲁番，早开的杏花

受了多半年的冷遇。在吐鲁番
太阳，这个女汉子
只被春雨亲了一口，就乖巧地
卧进盆地，孵出万株杏花

以扑棱棱的香气为荫
十几把小木凳，轻易就合围成
又一仞高昌，交河

社交场，量身订制的修辞
仍需穿戴。可是
一经谈起文学，我就想剥去
所有的衣饰
或许，唯有蜂翅弹奏的礼乐
才容不了半粒沙尘

恍恍惚惚，我坐着"火洲"
正在远翔。那满地的落羽
正是自己余生的雪焰

所谓河流，不过是平躺着的树

攒了几十年的劲儿，好不容易
追至永定，而你又栖向墨累

很遗憾，直到昨天
透过万米舷窗，我才发现
所谓河流，不过是平躺着的树
一个人，就是一只鸟
或因最初的浅见与慵懒
竟让太多的翅膀，抖动毕生
也无力绕过
那湾被称作家乡的坟绿冢黄

难道，是水干了，不经意
留下的枝痕，在不断鞭策心志
纵使万里之隔，百年之差
谁都免不了——
脱下羽毛，交出骨骼

布尔津，慢时光生态

一到布尔津，时光就慢下来了
我怀疑，这个潜逃的凶手
肯定是被河水拦住了
被云朵围住了，被枝叶缠住了
被鸟鸣捆住了

分不清晨曦，还是黄昏
但见时光，喘着微风
红着日头，伏地向我忏悔——
"真不该，过早荒芜你的青春
凋零你的恋情，否则
怎可能华发丛生
仍笔耕不辍，与岁月抗衡"
以至于让边陲老城
也惊现冻龄

战友情

各有各的方言俚语，美味佳肴
但全都识别哨音，认可酒

验兵时，就裸呈过身心
所以，一辈子透明得
像水、阳光、空气

穿戴过森林、海洋、天空
胸怀，怎可能小
连生命都不曾吝啬，更别怀疑
胆量、忠诚

身板直的，膝盖硬的
顺手捡几块疆场上的遗骨
均可敲出金属的声音
当然了，也有打弯服软的时候
那是向父母的枯冢下跪
朝祖国的安详鞠躬

在金山书院，与乌鸫相逢

如果人群使你怯步，不妨请教大自然。

——荷尔德林

满而空的教室
嘴和书里的文字，竟让我
须臾的敞门小憩，掳去
百句千行，并交由
一只多情的乌鸫
手执树条，答疑解惑

或许，小行星从未撞击过
地球。我与鸟的目峙
早呈化石形声，被范铸在
乍暖还寒的页岩中
更何况，世界和身体
有水怀抱着，岂能浇不透
数蒂雷电，几烛火山

海陆空，鳍足翅
多么匹配的锁子和钥匙
缘何，非要去探究
蹼羽的先来后到
丑就丑嘛，也无须
躲进密林草丛
竭力模仿燕啾鹂啭
面对你这块煤，我只在乎
任凭心跳递来的血温

欧洲荚蒾，让前世会见今生

一看就是去年剩下的几挂鞭炮
药捻，瞬间被子时点燃
又被子时剪灭，可并没有妨碍
新一窝礼花，探出枝叶
哔剥炸响

不，欧洲荚蒾，尽管
阿尔泰山脉的阳光，如此昂贵
你仍能淘霞漉晖，赤金满树
以至于，心志凝重的
连猛禽都无力采撷
心境和寡的
只好让前世会见今生

春秋因果，苦乐轮回
就这样，与我怦然邂逅
唯恐对曰：身犹在，情已谢

五彩滩叙事

旷古之静，无所谓——
风在顽皮，水在撒泼，人在喧闹
因为远崖，早盼的慈祥已皱
等的思念已白

孩子，河，躺下去是蜜
站起来是刀啊
况复，寒流的喘息正咄咄逼近
为什么，你非得捡够
那曾炫耀于梦的五彩石子
而错过夕阳递来的最后一根火柴

或许，逃荒北上，生死相隔
不止山的一家，否则
我的眼闭着，怎么
也会呈现：一半翠绿，一半焦黄

我只接收盆花

真不该，将皱巴巴的脸，阴森森的袍
揳入又一轮芳甸、草丛
天色在赶，马达在催
而你，意犹未尽
非得再逼春天，来陪葬焗黑的刘海

一场婚事，毁了
一袭宗谱，断了
其实，你满手是血，原野在哭
缘何，看不到，也听不见

既然老了，理当坐卧于光秃秃的山巅
遥望赤橙黄绿，远闻啼鸣啁啾
动，则长脚长翅；静，则生根生叶
哪茬哪代，不是你我孕育的生命

倘若，有天我病倒了，水米不进
请原谅，我只接收盆花，拒绝插花

解读鹿石

紧锁的长空，硬是被钝刃的碑刀
拉开一条口子。无翅却能飞翔
竟让疲于奔命的鹿群
突兀，撞运成往返天地的信使

全年三百六十五枚太阳
这下，有神鹿看着，守着，护着
半枚也不可能少。只不过
凌风长了，传话久了
角，必须嬗变为柔中带刚的梳子
嘴，就得脱颖成绵里藏针的喙

纵使满腹经纶，也难以说服自己
所谓高深莫测的宇宙
正是几堆四处漂泊的石头
否则，早已破茧重生，拨云见日
缘何，仍有愚者频频回眸
是舍不得朝晖烹饪的青草一盘

还是，离不开
晚霞酿造的清泉一壶
就连草原墓主人，也未必通晓

巨石堆遐想

很显然，这是在续写后羿射日
夸父逐日的故事
无论《山海经》里的金乌
抑或什巴尔库勒的车轮
古人始终担心
总有一天，极夜会突然降临
所以，绞尽脑汁
想把光明和温暖留下来，成为
子孙后代享不完的福祉

不！我笃信，先民们
绝不可能如此贪妄、自私
天上的火轮在走
地上的木轮在走
都得歇歇脚吧
遗存里的十字轮辐，六通鹿石
索性给人标清了方位
也给神注明了路径

巨石堆旁，每块立起的石头
据说，均为祈福者还愿的感恩
其实，上有太阳
下有地核，中有人心
三者纯属同一种物质与能量

乔夏岩画里的爱情

地球上，几乎所有的生命
一定被谁，给大脑
植入了偶配的时间芯片
并指使春天，去激活爱情

我不知道，牛、羊、鹿
亮出的犄角，是不是
像孔雀开屏一样，对雌性
极具杀伤力
但它们的呼唤声，至少
比鸟儿厚重

好在，真善美的比重
完全靠专情的慧眼评判
在草原，牲畜高产
又膘肥体壮
牧民的生活，就有奔头

本以为，季节已过
树林、草丛、围栏、圈舍
一年一度的甜蜜
早烟消云散，没想到
全让祖先刻画在了岩壁上

瑙干彩佛，笑容叮咚

絮絮叨叨，七百年了
贪婪，从没终止膨胀
杀戮，还在继续
可您依然慈祥地笑着
任凭烈日风沙，啃噬颜面
地震雷闪，撕裂躯体

莫非，冰雪初融的那串叮咚
种子带壳，也能嗅到
羊儿隔山，也可看清
否则，土封石锁，刀落箭发
何以照例
枝叶疯长，蹄花竞放

模糊的六字真言
残缺的一面佛像，为什么
每次，尚未开讲
就使太多的视线打战
脸颊发烫

盖被子的花朵

深秋夜晚，在青河县广场的花圃里
视觉，已被各色篷布劫持
但我的耳和鼻，轻易就捕捉到
那浸满芳香的鼾声了

据当地人士讲，这里昼夜温差极大
而绿植的"移民"，又太过娇气
只好让她们盖上"被子"
天亮了，再尽显华容，一展歌喉

多么良苦的用心啊
此时，我没有言语，只有泪水
忽然想起地球的另一端
沙漠里，罩着玻璃的菜地和果园

爱，真的不分地域，也没有季节
因为爱，本身就是风景
——世界上最全最美的风景

金鞭白桦

一个县，五条河，三道海子
岸岸有桦树，沟沟有黄金
这不是狂言妄语
而是大自然的豁达与慷慨

除了在博物馆
见到几大疙瘩狗头金外
更值得炫耀的财富，全流于
所有的画幅和诗句里了

海蓝宝石的眼睛
羊脂玉的肌肤
黄金的头发，当属初会青河

但凡选择离开，在回眸瞬间
道道金鞭，就会
佯装无情地抽过来，令你
不得不降服成

绵羊般的一尾浪花

哦，圣水通天的白桦林
来世，我也愿做你的情人

冬夜，又见小胖

即便再度托生成人，也不过十岁
怎可能成熟得像一杯葡萄酒
丰腴得像一块生日蛋糕

曙色的腮，蕤生的睫，鹧鸪的眼
应和着窗外收敛的雪花，以及
窗内张扬的人群
可愈加让我相信，她就是小胖
那位把情种误投给风的小胖
那位朝思暮想三十年
也没能偎湿半边红领章的小胖
更何况，如今，又都喜欢上
终身缄默的石头

原谅他吧，小胖
虽说，当时，都看不清楚河汉界
卒子溺水，却是常有的事
所幸，他以马后炮的身份

蛰居下来，但听到你的死讯
立即向我敞开——
一颗缠满乌衣，挤满弹孔的心灵
接着，就哭白了头
哭白了，所有的季节

平行宇宙

几十年了，总撞见那个地方
街巷破败，身影褴褛
天，从未晴过
不觉得热，也没感到冷

仍赶集般奔命。阴阳两界
像拧乱了的魔方，以至醒来
反而，对目光里的事物
起惑生疑

脊骨和血，早已被笔墨置换
草木鳍翅，依旧
深居页岩，栩栩如生

干脆，把门窗全部打开吧
让风沙狂啸，人流湍涌
可是，今晚
除了梦，还有谁，能孵化
青铜鼎上的一窝泪锈

金丝玉，戈壁脉动

原想借助谐音，给玉和人生
涂抹点神秘的色彩，可金丝玉
太过神秘，更不缺色彩
于是，就干脆还原蜂巢本真
让戈壁滩落英缤纷
令淘宝者纷至沓来

故事都会讲，诸如：父辈捡玉
如何之早，满地下室的藏品
现在，又怎样稀缺
恐怕连你自己都不敢相信
同样白皙温润的手，一旦
握紧又松开少有的真诚与善良
便能把坚硬冷漠的石头
织成彩虹，绣出鸟鸣

几经嵌入你的网店，才刚明白

什么叫梦感神授，天人合一
你放飞了玉
玉，也辽阔了你

恰甫河

待我莅临，空中草原已被风
揉捋弹拨的，仅剩下雪水这根弦了
不知是否，唯有盛夏
牛羊全家，才可以不分长幼
让身体卸掉骨头，仰八叉围躺洼地
竟连生殖哺乳的器官都懒得遮掩
鲜红成谁，炙手的烟蒂
倒是两颊的磨盘，仍机械转动
甚至，乐此不疲
反刍着燕麦、苦蒿子，及狗尾巴草
嘴角，滴漏出阳光的窖液

"逆流而上，翻过那座雪山
就到南疆了……"

莫非这恰甫河，果真是我
寻觅了太久的时空虫洞
说好了，来看顶冰花，但紧赶慢赶

为什么，还是免不了香消玉殒

所以，今夜，我不想再把
千山万水、千秋万代择序对折起来
生怕稍有疏忽，忘邀李白
使开元盛世，在一次梦游中枯竭

星光宴

预约好的晚霞，因与城池相濡以沫
竟让草原老了三百公里
漫天霓裳，已然，消隐成
刘海上的露珠，胡须上的霜粒

毫无疑问，有太多星体比地球大
比太阳亮。早知道双翼
终将落寞为化石，缘何仍不忘
遣来亿万年前的笑眸，暖我薄杯

最懊恼的，就是曾占星立誓
以至两鬓誉雪，也难弄清自己
属于长桌上的哪碟荤素

据说，再过若干年
北极星定会被织女星取代，正北方
炫目的十字晕，不再是一把铜剑
而是一枚玉坠

没等往事，从瓶中蹿出烈焰
白翎红唇，便取燧热瓦甫
即刻引爆那拉提，耳朵里的夜景

听色布兹克吹奏《父亲》

这比文字还要古老的木管乐器
显然，音律不全
正如月亏，并不能抹去月圆的记忆
不用祷告，父亲就开始从几个音孔
踉踉跄跄，进进出出

风，是由嘴的左半边，撩开整个草原
钐镰卷刃的一刻，夕阳也流干了血
倒地的苜蓿在哭，迷途的星斗在哭
但，音量远不及秋后
极可能挨饿的儿女和受冻的羊羔

于是您，除了放牧、打草之外
还驯起了鹰隼，熟起了兽皮……
谁曾料想，财神青睐的同时
死神也不吝眷顾

"没比它更老实的马了，咋会受惊呢"

发小穆合塔尔须眉皆白，声泪俱下
并跪地将遗物举向毡房——
两块彩绸衣料，一支色布兹克

自此，恰甫河两岸
白桦树疯长，顶冰花怒放

庆幸，没能抵达天鹅湖

太迟了，以至于深棕色睫毛里
夕阳的瞳孔，已经扩散

即便，被时空折去了翅膀
但，仍然笃信，你曾攥住
子夜结串的星星
一颗，一颗，拨开万里云朵
念我
你曾握紧正午扎羽的梭梭
一片，一片，拂去千里沙漠
等我

直到最后一滴泪，也泛了碱

不过，我却如此庆幸
没能抵达天鹅湖
作为一名四海为家的旅人

终身携带光与声的污染

怎配接过，这条

呢喃着圣水灵禽的哈达

多尔特洞穴，岩画里的穿越

刚为我咬断脐带，舔干羊水
编完草裙，怎么
就被考证成：旧石器时代

看，哥哥们
猎获一头哈熊，正围篝火狂舞
听，姐姐们
摘来一堆山楂，正沐雪水激唱

不知是我的眼，炙烤了您的手
还是您的手，熨烫了我的眼
狭窄的一处洞穴
生硬的一块岩石
盛得下天文地理，却拦不住
爱恨情仇。最终导致
一架当代客机，穿越远古时空
寻根问祖。只可惜
彼此的语言，长满苔藓

已无法交谈

于是，万年以前，一位画家
依赖毛茸茸的手指，记录了
这回神鹰目击
万年以后，数种纸媒
凭借密匝匝的文字，报道了
本次航班失联

在哈巴河，艳遇秋天

未曾想过，也不愿意
把披散的白桦林，缩成髻
尽管，淬打簪子的金
随手捡块石头，就有
将多泪的哈巴河，种上睫
即使，马鞭落地，都能发芽
给冻红的山杨树，搽点粉
显然，冰川环抱
不可能缺雪

就这么任性。让金发
狂野地飘，使碧眼恣肆地蓝
叫酡颜暴力地展

正因为历经春风、夏雨、秋霜
约过、爱过、伤过
才如此自信，格外成熟

如今，既冷艳又高贵

再熬掉寒冬，便修炼成精了

怎会担心衰老

瓶中乌苏

如同前三季的彩，终须还原成白
而乌苏的色，复归于金

也好。在最想新疆的时候
快来一瓶乌苏啤酒
雪山、松林、草甸、沙丘
毡包、牧群、管弦、歌舞
任你推杯换盏，一饮俱全
即便，贴了红商标，也不会夺命
顶多摄走你的灵魂

都是阳光酿出来的生物
一片梭梭和一群人
谁高谁低，谁贵谁贱
事实证明：百姓享有，世人乐道
一个县，就能兼并一个省
更何况，从建厂到称霸
还未及不惑之年

深信：只要还能喝得起乌苏啤酒

人生，便不算潦倒

天下熙熙。醒来，装模作样

醉去，一个鸟样

且末，出嫁的红枣

攒足了太阳、月亮、车尔臣河
这些金条、银锭、玉器
如今，枣儿出嫁了
还那么矜持。只见她——
低着头，红着脸，憋着笑
还有，几抹文身，一袭白纱裙
该是塔克拉玛干送的彩礼
由于，远离烦嚣，毋庸置疑
在且末，每粒尘土
都是干净的

小宛、楼兰、尉犁、焉耆
……直至天涯海角，南腔北调
均纷至沓来。在一把
或已积锈，或刚蹭亮的
铁锹、坎土曼面前
追求了上万年，吃了三世的苦

回眸人生，历数家丁

无非，奔赴了

从挑杆到盖头的那寸甜蜜

胡杨，在尉犁炼出纯金

疾风筛过，流沙淘过
炊烟熏过，烽火烤过

"就按你的形状，我的颜色
淬火出炉吧……"
——太阳把冶炼的最后一道工序
交给塔里木河

无奈，开端——雪山过冷
尽头——大漠太热
恰好，尉犁左右逢源，前后适度
颐指气使，即可操纵百里胡杨
并且，不分长幼雄雌
春暖，孵化出碧玉
秋凉，分娩出黄金

而无限延伸、膨胀的根茎、血脉
令水在上游站起来

让树在下游倒下去。金箔律动
有人看到，叶片上
滑落的清露，有人听见
枝丫里，注入的浊泪

和田玉在且末，是甜的

谁的幽默，让几星枣泥儿
自失控的红唇，跌落于
冰雪初融的颈与腕，刹那间
石头，也有了心跳和体温
或许，胸坠、耳贴
手镯、指环……
原本，就是灵魂附身

糖青、糖白、糖青白……
这条连绵几千里
开采了上万年的昆仑玉脉
恰是一牙甜瓜，真不该
再被切成玉斧、玉刀、玉剑
结果，墓主人枯萎了
深藏的玉器，仍滴淌着蜜

和田玉在且末，润在眼里
捧在手上，是甜的

蜷缩在窝棚，沙哑在店面
又是咸的，苦的。所以
别太计较，针鼻大的那点
斤两和伎俩，真正爱玉的人
一生，想变坏，都难

千年红唇

在新疆且末县博物馆，陈列着一对自然干尸，男四十岁开外，女二十岁左右，属欧罗巴人种，出土于扎滚鲁克古墓群，距今2800年。令人称奇的是，女主人的口红，色泽依旧清晰可辨。其他，无可考。

——题记

还剩下最后一榨，就可以够上
把梦都烧得哔剥作响的那朵蔷薇了
不料，攀缘的峭壁，眨眼坍塌
比自己的尖叫，还迅猛的
是一团黑影，从身旁响箭般掠过

三天后，一骑眼肿发乱的少女
匆匆赶往车尔臣河下游岸边
在满是鱼腥味的胡杨独木舟里
领走了一具中年男子的遗体，以及
胸襟内，仍艳得炫目
却已零落的花朵

"明日，首领的葬礼
一定要办得奢华、隆重！"
罗布麻彩袍、裘绒毡帽，必须穿戴
雄、雌、铅黄和赤铁矿的脸饰
更要纹绘，一个以羊为图腾的民族
生前死后，均须爱美、施善

手执杆嵌狼骨的马鞭，幸许
能带走王权，而独立昆山的寂寒
有谁分担？当晚，你把抽泣的花瓣
揉了又揉，蹭了又蹭
直到芳唇啼血，长夜溢曙
并打碎陶罐，割向手腕……

临终，尚不忘将双腿屈起、捆扎
是奢望，到那边去
好给主人分娩后代，还是祈愿
双双重整婴姿，再返母胎
让人生少舛：错过了，丧失了
大不了从头再来

就这样，一抹口红怒放了近三千年
不仅，羞红了空间
也羞红了时间

楼兰酒庄

剪断纠葛，洗尽沉浮

碾碎束缚，滤除杂念

一粒粒早熟的鄯善葡萄

在承受太久的暗淡与寂寞之后

最终，被多情的橡木桶

孵出霞，育出金

浅尝，带点苦

如同玉项上，矜持的汗

细抿，夹些涩

堪比花眸里，羞怯的泪

关键，楼兰——

这位沐浴着坎儿井水，和

十二木卡姆音律的姑娘

又经过杜康传人四十余年滋养

回味，必须醇厚、绵长

迈入酒庄

假若，没有备足彩礼
迎娶窖藏的阳光，只是奢望
算了，就斟半杯玫瑰香吧
并需将她缓缓摇醒，细细品咂
让时光慢成一轴炊烟。此时
即便你两鬓苍苍，已孑然一身
也能找回初恋

在迪坎，库木塔格又添新丁

"村民们从老迪坎才迁来三年
看，老东西，又下新崽了……"

在人类眼里，沙漠，显然
是一群饿疯了的金狮
在沙漠心中，人类，会不会
是一伙吃撑了的绿鬼

此刻，正逢炽午。小辛巴的睫毛
与刚栽的胡杨叶片，共同
眨动着阳光的憧憬
罗布泊啊，当初，您最先听到的
究竟是哪一位溃逃者的呻吟
几十万年的农耕文明
不过是：沙进人退，人进沙退

伫立于防风林前
就好似走近动物园

不知，为什么
瞥到掩埋的荒埂——散架的枯骨
我想哭
瞧见流浪的陈丘——灰白的乱发
我也想哭

鄯善，早在我体内扎根

窑洞式的弧形屋顶，原本是用来排水的
可，鄯善，不下雨、雪，只下土
褥子般厚重的棉窗帘、棉门帘
原本是用来御寒的，可，鄯善
偏拿它将阳光捂得严丝合缝，以此避暑
一街多巷，除11或00号"班车"外
摇曳着铜铃，绽放着彩篷的驴"的"
与炊烟一道，袅娜出渐次美艳的生活

三十年过去了，刚下高铁，就有预感
寻访故地，如同竹篮打水
但，又拗不过记忆的怂恿、煽动

那曾热得移床露天，裸睡整宿
床单上仍留有"大"字汗痕的首扎营盘
已被豪横的油田机关，置换门楼
拆去旧宅。那曾渴得暴饮坎儿井明渠水
一刻也不想松口的再迁驻地

已让不断开疆拓土的砂石料工区
夷为深坑。连永恒的坐标——墓穴坟头
也不知是火葬了，还是移往
更为荒凉、沉静的别处

呵呵，这瞬息万变的岁月
一丁点历史的痕迹，也不肯留下
可，水足了，电通了，路畅了，人富了
村隆作了城，城绿成了村
我一次次背井离乡的青春放飞，不正是
为了追逐，这先来后到的现代文明

其实，鄯善，早在我体内扎根
包括随手扔进干河坝，理应
风化成沙的半颗龋齿
难怪，一走进园艺场，空位至今的牙床
便开始隐隐作痛

玛纳斯湖

满车的惊愕，都开始朝您绽放时
我的眸子，却如同躬身的葵盘
怎样也无法平视，这暖秋里的雪景

小拐，中拐，大拐
单从地名，就能揣测到
您曾经的体量和气势
但还不足百年，一窝
挣脱过烈日追杀、大漠围剿的湖水
就悄然，窒息在自己的梦呓里
以致天地再次陷入混沌
唯见骨渣，不见翅痕

风，从河上游偶尔递来的几方云帕
着实，产自新生的绿洲
只可惜，玛纳斯湖
连半滴泪也没能噙住，仅剩下盐了

深秋，我何尝不想成为一枚辍叶

如同飞鸟，须臾片刻，都极不情愿
离开树，恨不能让每根羽毛
索性，就长成叶芽
而我，又何尝不想栖上枝头，哪怕
深秋辍别，也总算
在有生之年，宁静了一回

自己不是上帝，但，已能造出
大把的光，以及更多的绿荫和翅膀
并可豪横宣布
先把苹果分了吧，敞开吃
然后，再去安抚，那条受委屈的蛇

在且末古窑地逗留

退一步，就醉入羞答答的河流
娇滴滴的绿洲，咋可能蠢到
坐等着，让狂沙蹂躏，烈日戕害
否则，几千年了，风愈发之狠
太阳愈发之毒，为什么
散落在方圆数十里的缸片、盆碴
依旧棱角分明，釉彩鲜艳

不，不！请放过那些——
衣不遮体，食不果腹的手艺人吧
直至兵临城下
他们才拿慈眉做弓，善目制箭
并躲在药罐酒坛背后，抵御强敌
最终，只剩下，连句诅咒
都不会表达
怎样也拼接不起来的陶器
以及，硬挺于无字残窑边，一位
尽乎绝望的二十一世纪诗人

塔克拉玛干，罗布麻织染的晚霞
彼时，在谁狭长的影子里
犹豫了一会儿，就褪色了

墓地上空，有只风筝摇呀摇

太阳正准备锁门，有只风筝
却探出身来，尤其
一袭碎花裙，使大地倒悬
拱出星辰，不再眨眼

可戈壁滩上，一盅太烈的旋风
刹那间，就将她灌了个趔趄
好家伙，竟让我看见
形制各异，大小不等的冢轴
均忙碌于放线、收线
似乎，想竭力扼住，一瞥
难以逆转的时空瞬移
直到夯土与烧砖自己，也索性
跳进湍流天际
拼命游向溺水的孩提

灯，欲吹散夜色，已胀破腮帮
那只风筝，仍在墓地上空
无知无畏，摇呀摇

远行

我不敢妄言，一影行尘，便能
荡漾你满眼清澈
但棱角分明的两瓣玫唇
依旧密闭成工笔水墨里的仕女
多年以后，才知道，那天
我隐入楼丛时，你径直
扑向戈壁，让红柳、梭梭
也竖起耳朵，列队静候
日出之前，云瓦内的几声干咳

只可惜，委托雷电捎去的情书
却遗漏了一句——
我不厌其烦地飞翔，就是为了
在你梦中，收拢翅膀

我知道你是谁

不同我项上，黑发藏匿的暗红色胎记
你转世前受的刑，除了铲烙
肯定还有电镀。所以，当我以徒步的方式
还想在人间多残喘些岁月时
你古铜的喙，从仍似原油的黄昏和服饰上
拔出了剑，并歪着脑袋，恨不得
踩上我的肩膀，来打量我——
连自己都不知道，究竟被什么焊死的表情

生前，一年也说不了几句话
走不了几里路，脱生成
素有铁翅膀、金嗓子之称的乌鸫，挺好的
只可惜：你且歌且舞的倾诉
让我驻足良久，既没听懂，也没看懂

唯有你曾送我的那盆绢制碎花
依旧在书桌角，繁星般绽放着
正如我，不愿删除你的姓名，生怕再度失联
骄阳下微笑的草地，疾风中拔节的骨头

给赛里木湖正名

以至握别，当地文友还再三提醒
赛里木湖，不是伊犁的，而是博乐的

很显然，这是只顾按快门
忘记问出处的外地摄友，曾张冠李戴
在报刊图说里，误让阿拉套山
与温泉生的闺女，取了邻家的姓氏

绿意葱茏的，连一枚败叶，半根枯枝
都难挑剔的西天山，轮到博尔塔拉
已凋零为斑秃。梭梭柴、铃铛刺
三五成群，守望着亘古未变的戈壁滩
模糊了季节、色彩，及生死
所以，膝下，就本该拥有，这片
娇滴滴的水域

每逢清晨，空气般通透的湖面
异常安静。没有潮汐声，也无鸥鸟鸣

包括游客的喧嚣，似乎
都成了视觉的产物，可当撒欢的云朵
纷纷坠落，化作白天鹅时
雪峰背后，几股"嗖嗖"，一汪"咩咩"
总会响彻我的眼睛

蓝哈达，白哈达

送你蓝哈达，就等于送你了天空和湖泊
送你白哈达，就等于送你了云朵和浪花
素来，在温泉县，若能同时获赠
这两条哈达，无疑
是最尊贵、幸福的宾客

如果说，比山巅还高的是信天游
那么，比草原还远的，一定是蒙古长调
仅缘于双脚无法企及的抵达
才脱颖出人类太多放飞灵魂的艺术

因而，舞蹈里的温泉人，始终是鹰
自破壳振翅，远翔觅食，再到
炫美求偶，喂养子嗣，一副肩膀与胳膊
把命运演绎得惟妙惟肖，淋漓尽致

恰似地底，火山岩绽放的近千口泉眼
石头是烫的，水是温的

在往返县城的路旁，是谁，栽种了
十几公里的海棠，叶是红的，花是粉的
难道，是为了不久的将来
特地迎接情侣们的造访，正衍生培育着
又一色彩的哈达

娃娃鱼

深藏于岩石的裂隙里，相继躲过
造山运动、冰河期、大洪水
最终，竟没能逃出，姗姗来迟的
比溪流还清澈的眼睛，比空气
还透明的玻璃

或许，寻偶时，那一波又一波
极似人类婴儿的啼哭声
让诺亚的后裔，得出求救的误判
才凭借，从伊甸园泊来的
那点开智启蒙的基因，便妄图
一统山川，驯服四季

热了，有空调；冷了，有暖气
饲料，全由齿轮倾吐
子孙，尽可从试管里繁衍

北鲵呵北鲵，如今，双双翘首于

高仿的苏鲁别珍山谷，面对我
小你几亿岁的晚辈，尤其
红外线监控
连一回示爱的拥吻，都羞于完成
到底，是谁在保护、成全谁

眼睛石

多想伸出手，帮你合上，那瞥
隐秘难吐、屈辱难咽，又不甘夭折的尘缘
可心，也能风干成石头吗

有异于草木湖海对我的审视
凋零或凝结，好在还藏有随遇而安的泪渍
仅媲美肌肤，我便笃信，这块
雅号"天山青"，俗名"眼睛石"的尤物
曾是孑立雪峰、云端的羸弱之水
圆寂后，唯能留痕蛮荒的无冤舍利

目光的取悦和伤害，只有起点，没有终点
当猎奇的触角，伸向太空、细胞
世界就打开了
探进约会椅、情侣间，世界又关闭了

雨中独酌

一杯接一杯，泡沫四溢的扎啤
像云中日头，还没等回眸与我惜别
大雨，就倾巢而出
积水成槽的夜市顶篷，被风举起
又摔下来，一次次掀起
人们的尖叫。而此时，我
正跟自己的童年、少年、中年喝酒
两只耳朵，作茧于古木之上
早寂寥成一种摆设
恰似那颗问世的雷，偶尔炸响
却让眼泪决堤毕生

请原谅，连我，都是虚拟的
更不敢，把手伸向你，空无的袖管
今夜彼岸，高悬在
彩虹枝丫间的几枚蜜果，谁知道
是哪季黎明，忘记摘走的鼾声

一只信鸽，上紧六星街的发条

人头攒动的六星街，湍急的时光
好不容易慢下来，又被一只
患病的信鸽，上紧发条
只见它，径直栖向游客中心
求助的眼神，迫使晌午满池的花朵
也打起摆子

仍持外地户口的女门卫，如初遇
襁褓里，高烧不退的惶恐
仅几根烟工夫，便寻医问药上百人
口干舌燥，竟一无所获
最终，只好由近乡情怯的我
遥控发小，才驱车送来
半瓶感冒灵，还不知，是否对症

地桩的睫毛，按部就班
眨动着小区，每一瞥熟悉的车影
至于，橄榄枝告慰方舟，即将着陆
依旧是古籍里的传说

林则徐石像，拳头上的蜂巢

苟利国家生死以，
岂因祸福避趋之！
——林则徐

还是那个硬骨头、犟脾气，作古成石像
仍不忘，让目光孵出云
把荒山攥出水。否则，这位
蒙冤含屈的花甲老人，谪戍伊犁仅两年
岂能馈赠我——
喀什河龙口，阿齐乌苏大渠

很显然，如今，几十万亩的沃野里
有群蜜蜂，并未被调情的花朵粘住翅膀
它们深谙笃信——
远比骆驼刺稠密、坚挺的山羊胡
尽管，未曾滤尽此起彼伏的大烟，但令
不经意捻断的一小撮雪发，自果子沟

车辙里拱出，已在天山崖顶盛开

索性把家安在拳头上吧，电闪雷鸣后
泪不轻弹；雨照例下

天山花海，扑不灭的薰衣草

从初春到晚秋，天山花海
究竟是谁的手，乐此不疲，在疯狂拧动
生命的魔方，导致三世四维
就横亘于万亩田野里，使植被乱了时令
游人忘了年龄

薰衣草，这哔剥燃烧的笑声
一茬接一茬，终于，让妄图策反的寒流
羞愧难当，败下阵来。远远地
我站在被花季最易忽略的石坡上，即便
能再次踏进同一条河流
也必须高筑华发，深凿皱纹，使其成为
彼此难以逾越的栅栏与沟壑

闭着眼睛，都可以看见
那朵紫色的马尾束，依旧，斜挎着书包
但她，正四处打探、辨认
迷途忘返的女儿们

云朵之上

当一方手帕，好不容易举向峰顶
才发现，经飓风、雷电
剥皮、抽筋，仅剩下骨头的岩石
光有笑容，没有眼泪

孤傲、冷酷、贫瘠，自然是
仰角里的形象。殊不知，有一双
看不见的手，随时
在捧接失落的朝晖、晚霞
待骄阳似火时，再将其逐次放回
脚下，憔悴的草地

其实，山洼里每一枚树叶、浆果
都是他，冒死打拼
挣来攒下的金币、银锭
只因为，平日里，站得比云还高
才让云，毕生，难以解读

草原，喘息的天空

一场雨，刚下过没多久
云朵，又不安分了
而马匹，必须，抓住
天空喘息的机会
再啃几口草，好让
厩里的时光，绽开鼾声
就如同毡房里
此时的牧人，电闪雷鸣
像不曾有过

每逢四至七月，草原上
一茬茬的鲜花
对于游客，就是除夕夜
转瞬即逝的焰火
怎样，也满足不了
——眼睛的饥饿

露营塔里木河

此时，水域，安静下来了
星辰，却喧嚣不止
一顶帐篷，舀满了
夕阳酿造的果酒，特邀胡杨林
正围坐品尝

首先醉倒的，显然，是时间
紧接着，是彼此胸腔里
撒欢的牡鹿

其实，生命的宽窄长短，完全
可由自己操控
就如今晚，仅需凿出
一小间天空
便能装下整个世界。更何况
凝望瞬间而决堤的泪
堪比万年隐忍的塔里木河

巩乃斯达坂夜行

尽管，曾秋千般攀缘、觅食的指爪
百年前，已进化成机翼
不论，昨天、今天、明天
木轮、铁轮、胶轮，均在无限延伸着
谁的目光
彻底解放了，谁的足迹

当然，地心引力的束缚，并没有
丝毫改变，恰似，这前、后灯的弧线
明知道，太阳已经休眠
非要涂鸦些，一点就燃的情话

达坂上的巩乃斯呵，这秀发及肩
丽眸啼啭的森林、草原，即便
被夜的盖头虚掩着，我依旧能沐浴到
你从窗外递来的呼吸，所以
海拔再高，也不会缺氧

当胡杨解下绿甲

风沙，一轮，又一轮
穷追不舍地围剿
将最后一队胡杨，逼上绝路

既然，逃不出
命里的劫数，干脆就
解下绿色的铠甲
裸露、盘踞为一朵花
让每一丝恐惧，铿锵出阳光
使每一滴忧伤
叮咚成泉水

直至，所有的兵器
都瘫坐在
望乡的视角，思亲的心口
死亡，或许是，弥漫着
芳香的一场梦，而已

听景

水的飘逸、冷峻、欢畅

有阳光抱窝，轻易

就能孵出森林、草原、牧群

可，四季分明的画幅

豁然，挂上眼帘的瞬间

马的扬鬃，鹰的振翅

蛙的鼓腮，也一同

让我醒着的梦，挥之不去

寂静，蕴藏着喧嚣

喧嚣，又舒展出寂静

其实，一曲歌谣，既老又新

在西天山，始终

被演奏、鸣唱，只不过

对于敏感的耳膜

需要，有时结锈，有时除锈

是谁，让水嫉妒地收回镜子

果真，在秋天，才能品鉴
阳光的颜值
他，不吝将心魂附上万物
尽可委曲成一粒沙
失落为一抔土
即便，问鼎植被，也无意
跟山炫富，与湖媲美

这从夏季熔炉里
脱颖的黄金，让水嫉妒的
总要收回镜子，所以
生性高贵的胡杨
只好，栖身于戈壁、荒漠
平时，有泪都不忍轻弹
烈日、飑风中，极力挺出
强者的形象

叛逆的胡杨

生于斯，亡于斯
并不一定源自忠贞，也可能
出于叛逆。就如同
夕照下的胡杨
看似热血盈身，其实
早已折戟狂沙

沿着谁，残臂遥指的方向
我望不到海洋，只看见大漠
当然，还有，飞累了
都不敢歇脚的零星云朵

至于，又一茬生命
是否，在焦土、腐根间拱动
再等会儿，敲敲天空
问问值夜班的月亮
才会知道

三垄沙写意

对于无限流动的沙丘
怎一个"三"与"垄"字了得
这分明是连绵不绝的舰队
正在浊浪浑涛里游弋

生怕陷落，天，高得惊悚
唯恐夭折，云，逃得飞快
毕竟是一片瀚海呵，紧赶慢赶
也不曾沾水半滴，就连
罗布泊自身
都没能摆脱渴死的命运

千年一瞬，一瞬千年
倒是，偶有驼铃，叩响耳际
那些灰头土脸的商旅
或打盹，或长眠
着实钟情、依恋过，你怀中

小河人家

柱、桨形的墓碑，不单指性别
或生殖崇拜。从酷似小船的棺木
就能看出，这累积下来
才达上百人的一个原始部落
定居在小河边，完全可以
靠捕鱼为生。至于
随葬的小麦、草篓、麻黄包
均属副业产品，但必须人人拥有
即便，到了阴曹地府
仍需采食寻药，安身立命

虽然，干涸了、废弃了、碳化了
可，罗布泊、楼兰城、众先民
依然，清晰可辨，栩栩如生
只不过，那轮夕阳，已经不是
说着吐火罗语的日头了

题张俊东先生之瓷釉画

寥寥数笔，便将阳光
与绿植的筋骨、血液，凝成瓷釉
尤其，那粉嘟嘟的醉牵牛
金灿灿的宝葫芦
显然，在比羞，一尊仕女面庞
在待盛，一盅美酒人生

轻与重，软和硬
于花瓶、茶碗、笔筒上，竞相呈现
正如同，一股泉流
能躺下去，也定会站起来
就看给予怎样的气候

显然，画，不是诗
这可读，又读不出声的惊喜及隐痛
经常使我，泪水夺目

在小拐，听埙

脱颖于克拉玛依城区的紫砂矿
却被一车接一车，转运到偏远的小拐乡
烧制成埙或陶笛
偎热了月亮，濡湿了太阳

这沧桑、空灵、厚重、幽婉的嗓音
竟神不知、鬼不觉
唤我走进，早在万年前就已凋敝的时空
诸如：挥木叉、石矛的汉子
跳草裙舞的女子，刚让拇指放出来
又叫食指收回去
而洞穴深处，那堆不敢停歇片刻的篝火
本该是谁的耳朵，和眼睛

"料，有的是，两三百年也用不完
只是锻变太难控制，投炉前，还是 A 调
出炉后，便降为 B 调了……"
没等李锋、雪曼多言

一株躬身，但不屈膝的向日葵，即开始
编纂我的视线。毫无疑问
它的每粒种子，都是仓颉造的字

附

录

生命哲学的境界

——读申广志的几首小诗有感

陈思和

从小被《克拉玛依之歌》的优美旋律所感动，对克拉玛依充满了向往，但是直到 2018 年 8 月底，我才有机会访问了这座石油城，看到了黑油山。

在那儿，我有幸结识诗人申广志，在讲座中解读了他的一首诗《因为，短信里听不见哭声》。这首诗描写了一个在荒凉工地（巡井班驻地）角落里出现的很隐秘的场面：有一位新婚的司机（"有位手指籀着婚戒的司机"）蹲在大卡车的阴影下，全神贯注地在手机上写短信（"低着头，不停地摆弄手机"），看得出，这位司机用手机发短信还不熟练，才会全神贯注地摆弄手机。那么，他为什么要在工作时间摆弄手机呢？诗人用司机自己的话来回答："唉……女人，就是女人！／才分开俩月／一打电话就号／发个短信，就听不见她的哭声了……"这首诗描写的劳动者，是一位家住在五百里以外城市里的运输司机，他的工作是给石油产地运送物资。因为新婚，又因为路途遥远（"当采油树的根，扎进更深更远的荒凉时"），他已经两个月忙于运输不能回家，劳动者的工作精神与家庭、妻子产生了尖锐的矛盾。那位司机爱着妻子却又不得不忍受长时间的别离，既不忍听到妻子在电话里的"号"，又强烈地牵挂着，所以才会用发短信的方式与妻子保持沟通。他需要通过短信来倾诉对妻子的感情，又不想引起妻子的感情宣泄，这让他对着一个小小的手机，使出了浑身解数遣词造句。诗歌里用了一句"张扬出超乎寻常的平静"形容他写短信时的神态，表现出特别严肃和紧张的心情。

这首诗一共五个小节。最后两节才写到这个司机的故事。如果孤立地看，好像是在表扬一个先进人物，如果联系整首诗营造的氛围来读，感受就不一样。前面几段分别写了古尔班通古特的蛮荒、凄凉、遥远，写了石油基地的生活环境艰苦卓绝，还写了大沙漠与城市的生活对比，然后才描写那个用手机写短信的司机。如诗的第一小节："古尔班通古特，扯着沙哑的嗓子 / 不得不勒令女人走开"。诗歌叙事者的语气急促而严厉，与后面描写司机的温情形成了对照。整个画面就像是一幅油画，凝重而明亮，把一个劳动者的工作精神和人生境界都凸显出来了。

申广志的另一首诗《采油女工和她的狐狸情人》，塑造了一个采油女工把一辈子都献给了油田，从青春少女到老年退休，但诗人没有展开描写主人公一生的故事。全诗只用了一个小节，通过他人口吻讲述她帮助别人的一件小事："看！就是这个胸戴红花的女人 / 曾把怀里仅有的一块馕递给我 / 拯救了咱们全家老小的性命 / 那是一个百年不遇的风雪之夜 / 哈一口气，都会结冰……"诗人没有写她在石油生产方面的工作成就和先进事迹，却写她在退休的时候旁人对她曾施以恩德的感激，把油田曾经的寒冷、饥饿、贫困、艰难的生活环境都衬托出来了。诗的前三节描写了一个传奇故事：她年轻时，有一只火红的狐狸，一年四季都守护着她，成为人人嫉妒的"情人"："春天，像棵树；夏天，像块冰／秋天，像坨云；冬天，像团火。"这里运用了四个意象：树的奋发向上，云的志趣高远，冰能爽利解乏，火能给人温暖，多重侧面地隐喻一种美丽人格，也是女主人公心向往之的理想境界。这种理想，是与她日常的工作态度和精神结合在一起，贯穿她从青年到老年的一生。狐狸是传说，却又是一种若即若离的人格精神，与采油女工合二为一。最后一节又回到了"狐狸情人"的主题："但愿，退休欢送会上／这尊已修炼千年的精灵，带着／老婆、孩子，也能如期而至……"这是诗人愿望的"如是言说"：假如，传说中的故事是真实的，那么"狐狸情人"随着姑娘慢慢老去，它也会有妻子儿女——这个隐喻兼有转喻的功能，明说是"狐狸情人"有家室儿女，暗指女工也有幸福家庭，但愿人退休了，这个渐渐"老去"的理想境界依旧相伴远行……我相信，这首诗不仅仅是诗人在描写一个人物的传奇故事，也寄托了他对克拉玛依油田光荣历史的某种念想。

以抒情诗的形式讲述，以叙事人的口吻抒情，申广志的诗歌美学重心，始终是彰扬人的力量和人的精神。这一点，无论是通过运输司机、采油女工等诗歌形象来直接表达，还是用拟人化描述自然意象，都体现了这种美学追求。克拉玛依是一个在荒无人烟的沙漠上建立的石油城市，既要抗衡极其恶劣的气候环境，又要从大地深处开采石油，每发展一步都是依靠石油工人可歌可泣的伟大力量。所以，歌颂人的力量和生命的美好，就成了申广志诗歌的主旋律。在一些描写大自然的诗歌里，拟人也成为一种彰扬人性和人力的修辞。譬如他发表于《诗刊》2022年3月下半月刊的《雪卧青克斯》，"钻塔的银簪／已绾起准噶尔三千里的涓涓黑发／风的手，雪的唇，整整一夜／不断栖向青克斯张弩的肌腱／就这样，一个丰满的冬天／于西戈壁的枕榻，拥山而睡／舒展出佩玉的黎明"。这首诗的意象非常壮丽。本来是北风怒号、暴雪卷席，黑夜里袭击青克斯山的悬崖峭壁，直到第二天黎明，银装素裹，白雪覆盖高山，变成宁静的世界。但是诗人从键盘里敲出来的，分明是另外一种人性的热烈场面：三千里准噶尔盆地就像是女人的乌发，大型钻探机的钢架竟成了绾起乌发的银簪，盆地的黑夜用"风的手""雪的唇"不断扑向男性的青克斯山壁，疯狂的与大自然的搏斗被描写成一场热烈的生命之爱。"涓涓黑发"扑向"张弩的肌腱"，构成"丰满的冬天"的本质。值得细读的是，诗人描写的"拥山而睡"、创造了壮丽"黎明"的，不完全是自然的元素，而是携带了"银簪"的人工力量。于是，最后一节就出现了现实的"人"："如今，谁的手，在孤身的峭壁上／轻轻一划，就点燃几团采油女工的身影"。明明是写冷到不能再冷的暴风雪之夜，诗歌里却出现了感人至深的生命颂歌；明明是梦境里大自然生命之爱，诗人又看见了现实世界春意盎然的采油女工。更要细读的是，诗人没有把歌颂的"人"的元素理解为一种外来征服大自然的粗暴力量，不是什么"人定胜天"的破坏自然生态的元素，却是来自大自然自身循环、平衡的需要，所以诗的第二节追溯了史前社会，大自然本来也是春意盎然的，由于地壳运动的变化和压迫才使绿意谢幕，正因为此地曾经拥有"尘封亿年的绿洲"，才会让"落雪也如此温存"。

申广志被誉为石油诗人，这既是对他创作的归类，也是一种标签。在现代汉语诗史上，"石油"与"诗"的结合容易形成一种约定俗成的套路。申广志没有进入传统俗套。他携带着自己鲜明的抒情风格和叙事手法走上诗坛，以克拉玛依油田为他创作的广阔背景，但并不是直接描写石油工人的劳动生活，而是通过对"人"、人性以及拟人自然元素的塑造和讴歌，营造他自己独特的诗歌小屋。申广志的诗歌短小精炼，具有画面感与故事性，歌颂了人性的美好情愫。有的时候，他甚至把自己的生命视为油田大自然的一个生物，谦虚、匍匐，甘愿融化到大自然中去。如《解读黑油山》里，他写出了这样深情的诗句："巨至龙象，微至蝼蚁 / 远至昆鸟，深至鲸鲨 / 均未挣脱你饥腹妊娠的指爪 / 终有一天，我也会化作 / 你脉管里的石油吗"相传石油来源于古代生物遗骸，经过地质运动逐渐演变而成，所以石油是有生命基因的。诗人把古生物中的恐龙、昆鸟、鲸鲨、蝼蚁都视为今天生物的祖先，当然也是作为人类的祖先（"默诵着我的家谱名册"），他愿意人类生命回归大地，化为石油，重新轮回成大自然的资源。这就远远超越一般石油诗的意象，上升到了生命哲学的境界。

选自《光明日报》2022 年 7 月 20 日

陈思和，中国当代著名文学理论家、评论家，"鲁迅文学奖"得主，复旦大学文科资深教授、图书馆馆长，上海市作家协会副主席。

"第五个季节"的沙百灵
——谈申广志的诗

霍俊明

　　我和申广志至今素未谋面，这一份交往来自纯然的诗歌写作本身。尽管申广志早在 20 世纪 80 年代即开始诗歌写作，但我迟至最近几年才注意到他。这一"错位"和"延后"式的阅读也正是"当代诗歌"的显豁问题，对于评论家和专业读者而言，如何能够及时阅读到当代诗人和优秀诗作，确实不是一件轻松而容易的事情，更多的时候是在惯性的阅读经验和自我的美学趣味中，对当代诗歌及诗人指手画脚。

　　这么多年的诗歌阅读感受告诉我，要尽可能地在各种平台多读、多看而不是急于发言、表态和评判，要秉持开放的诗学态度来面对各个行业的诗人和各种风格的文本。

一

　　我第一时间读到申广志诗稿《石油季节》的时候，就有久违的惊喜。这组诗在《诗刊》2022 年 3 月下半月刊"发现"栏目推出后，在诗歌界和读者中产生了比较广泛的影响。

对申广志的诗，我有一种近乎天然的亲切感。多年前，从北京前往伊犁的途中，我在克拉玛依古海机场转机。在飞机和西部湛蓝无比的天空上看这个机场，类似于茫茫粗粝的大戈壁上一个闪光的贝壳。我当时对戈壁上大大小小的沙丘，以及偶然渗透其间蜿蜒如毛细血管的河流，还有远处的石油之城克拉玛依，就有了迫切要理解和感受的冲动。遗憾的是，时至今日我都没有亲身来到那座西部石油石化之城，但那短暂的"俯视"感受一直留在了记忆深处。近期阅读申广志的诗，在一定程度上弥补了我这么多年的缺憾。

面对克拉玛依，以及申广志的诗——比如"一座沙丘，挺着极度难产的裸腹／似乎想把我寂寥的视线锈蚀殆尽"（《赶紧开花，赶紧结果》），我持有如下好奇的疑问。

对于在这里工作、生存，甚至写作的人来说，他们是否比我们更为艰难和不易？对于诗人而言，他们是否能够既来自生活和区域空间，又最终能够在语言、修辞、智性和想象力的深度参与下，对此予以整合、过滤、提升、发现和再造？

实则，我们没必要急于用"西部写作""石油诗人""新工业诗歌"等标签来框定或描述申广志的诗。这样做的话，我们很容易被题材或主题本身所限制，也是对一个丰富的诗人及其个人写作历史和文本衍变不负责任的草率之举。我们应该在诗歌史的历史序列和美学谱系中来阅读一个诗人，评价其创作处于什么样的水准、层级和位置。

我在编辑出版《先锋：百年工人诗歌》（中国工人出版社2021 年 7 月版）时，在阅读一百年来的工业题材诗歌的过程中，更为深切地感受到，现代人与工业之间，无论是具体的生活、境遇，还是题材、主题，以及诗歌自身，都处于不断地变化和调整之中。由此，我们对包括申广志在内的写作，就应该保持开放的眼光和多元化的美学审视。

李季（1922—1980）在1952年冬天离开北京到玉门油矿深入生活，创作出长篇叙事诗《生活之歌》，以及短诗集《玉门诗抄》《玉门诗抄二集》《致以石油工人的敬礼》，因而被誉为"石油诗人"。当年，李季的《一听说冷湖喷了油》《我站在祁连山顶》《寄白云鄂博》《春节寄友人》等诗，以及薛柱国作词的歌曲《我为祖国献石油》影响很大，而诗人的使命就是要及时地反映新中国成立后社会主义工业建设、边疆开发和大生产的新气象。

从题材、伦理和主题学的角度进入"西部诗歌"和"工业诗歌"，我们会发现，不同历史时期和重要节点中的诗歌，所涉及的题材、主题，以及情感、经验、伦理的向度是有很大差别的，而这正是缘于时代环境和社会文化的强大影响，同时也与诗人的人格、个体主体性、诗歌观念和写作实践的变化发展有关。今天，申广志与石油、克拉玛依相关的诗，也在感动着当下的读者，其诗歌面貌、文本特质、语言形态，以及情感认知，都与当年的李季有很大的差异。

时代和诗都在发展，社会经验、写作经验和语言经验同样发生了翻天覆地般的变化。如果从历史、现实和未来的综合视野来考量一百年来的工人诗歌，我们就会注意到，在不同的历史时期和发展阶段，产业工人的生存、命运、心理结构、社会地位，以及相应的诗歌创作的主题、情感、思想、伦理和旨趣都有着巨大的差别。尤其是新世纪以来，在新工业加速发展的过程中，涌现出了一大批的产业工人和有代表性的诗歌作品，而工人的社会境遇和工人诗歌的丰富性、崭新经验、精神质素，亟须从评论、出版和传播的各个领域予以观照和总结。

真正的诗歌，无论其处理的是什么题材和主题，那些能够一次次打动读者甚至能够穿越时代抵达未来的作品，往往让我们在人类精神共时体和命运共同体的意义上，看到人性、命运，以及大时代的斑驳光影、炫目奇观和复杂内里、真实面貌。需要反思的是，写作者不能为题材为主题写作，更不能沦为扁平化、类型化和高分贝的浮夸型写作，而是应该在社会景观的嬗变和时代的多棱镜中，回到诗歌的内部机制和个体本体性的根基，进而再回到一个个真实不虚的生命和命运本身，回到修辞技艺、语言的求真能力，以及个人化的现实想象力上。

二

申广志的组诗《石油季节》，以及近年来所发表的一些石油诗，已经回答了我在文章开头提到的问题——"诗人与生活"或"诗人与现实"。

诗歌不等同于生活，诗歌也不等同于现实。诗人必须有一个打开和转换生活以及现实场域的特殊"开关"，就像申广志的诗中所提到的"仅仅是一场阵雨／就轻易拧开了戈壁紧锁的春季"（《唯有雨水，能够拧开戈壁的季节》）。雨水对于戈壁而言，已经不再是季节或物理化的过程，而是转化为诗人的复杂心态和精神境遇。如果我们把日常、环境，以及现实视为春夏秋冬四季更迭轮回的话，那么诗人就是站在"第五个季节"言说和发现的特殊群体。他们既在时间之内又在时间之外，他们所提供给我们的文本，更多的是心理时间、精神时间和历史时间相互融合的特殊产物。

　　毋庸置疑，申广志不是一个高喊和喷涌式的高分贝诗人，而是深沉和低缓的观察者、体验者、描述者、吟唱者。在《唯有雨水，能够拧开戈壁的季节》这样的诗中，抒情调性和吟唱的特质已经比较突出了。由戈壁、石油等空间，由申广志诗歌中的语调和声调，我想到了沙百灵。它们的栖息地为热带沙漠、亚热带或热带的草原和淡水泉、绿洲，常于地面行走或振翼作柔弱的波状飞行。尤为特别的是，沙百灵在飞行或空中振翅而缓慢垂直下降时鸣唱。它们有时立在高土岗或沙丘上鸣啭不已，其鸣叫声融合了云雀和百灵的特点，尖细、柔缓、连绵而又带有迷人的颤音。

　　一个诗人词语表的构成，往往能让我们看到其生活和语言的边界在哪里。申广志所提供的词语表和意象表带有一定的陌生化效果，比如克拉玛依、古尔班通古特、陆梁油田、戈壁滩、沙丘、沙暴、矮草、芦苇、沙百灵、气田、钻塔、钻机、风向标、抽油机、油管、油表、天然气处理站、微机监控室、钢管、管钳、阀门、石棉、保温盒、报废的塑盔、采油姑娘，以及满脸油污的硬汉等。在申广志这里，最容易直观感受到的是戈壁、水、土地、植被、生物、矿产、油田、气田与城市、现代性时间、人之间的互动关系，"被一位诗人誉为大漠夜雾的沙暴／开始啃噬一村一城的时候／我知道，残月的根须／正掘进我的肤骨"（《油沼里的苇丛》）。由此可见，申广志的诗是有内在骨力和精神气度的，是有省察能力和反思精神的。

　　我接触过一些写煤炭的诗人，比如老井、东篱、陈年喜。他们都具备了在黑暗的地层下予以发现自我和命名世界的能力。与他们一样，申广志要穿透深厚而黑暗的土层来探究那些黑色的河流，要感受历史、时间、生命的脉搏，要倾听那些深藏于万米地下深处的声音，要抒写那些"穿红衣、戴塑盔"的工人，要面对灵魂的叩访与对话。比如《第九个黑洞，是黎明》《钢管家园》《追溯沙漠气田》等这样的诗，更像是地层之下的河流、深夜里的河流，以及时间中的河流，它们类似于语言、情感的动脉和毛细血管，既通向了幽暗、深邃而又遥远的历史，又贯通了纷繁的当下、自我，以及未来时间——

> 蛰伏于那个遥迢的动荡年代／你无法认知眼泪和汗水，如今／它们已成为地球上最重的物质／哪怕甩下半滴，就足以把你托举起来／更何况，找油人的艰辛与悲苦／早已漫出准噶尔生锈的古盆
>
> ——《第九个黑洞，是黎明》

正如"砍柴、挖煤、采气"（《追溯沙漠气田》）代表了人类历史的不同阶段一样，一个优秀的诗人必须在历史、当下和未来这三个维度来审视环境、现实、社会、世界，以及自我。只有如此，诗人的眼光和襟怀才是既开放又及物的，它们能够使诗成为"真实的诗""诗性正义的诗"。更为重要的是，申广志还是一个对日常和司空见惯的环境时时保持敏感的"发现型"诗人，这使得身处环境之外的陌生读者能够产生"理解"和"共振"。

诗人是赋形者——"倏然，有了形体和声音"（《第九个黑洞，是黎明》)，但是这还不够，他还必须是创设者。《第九个黑洞，是黎明》一诗中"古尔班通古特，黑缎子的阳光扑簌而下"具有"发现"和"唤醒"的功能。日常时间和精神世界中的物象以及关

系，已经发生了变化，"黑"与"亮"、日常与陌生、惯性与发现，让我们重新思考和审视这些词语、意象，以及背后诗人的生活、经验、想象力。反之，如果一个诗人在情感、经验、题材、主题和风格上不断自我重复的话，那么他的写作就丧失了鲜活性和生命力。这么多年，我阅读和评价一个诗人，最为看重的品质就是活力、生命力和精神效力。显然，申广志的诗已经具备了这三种类型的写作品质。

尤为可贵的是，申广志的诗关注于生命和命运本身，比如《钢管家园》一诗就非常具有代表性。

烈日、戈壁，以及由钢管、阀门构成的天然气处理站，让我们感受到的是扑面而来的工业化热浪和钢铁构件千篇一律的板硬面孔，而保温盒里正在孵化而被无意破坏的鸟蛋，以及弱小生命，却给宏大的工业景观带来了意外。

> 显然，还是那副管钳，仍操持得 / 不知轻重，竟使 /
> 刚生血丝的蛋液，以及 / 才长茸毛的肉团 / 也坍塌、掉落
> 于炽热的地坪之上 / 数位满脸油污的硬汉 / 先是一怔，随
> 即悲痛内疚 / "队长，我们真没想到啊 / 保温盒里，怎么
> 会有 / 鸟儿筑巢、产卵……" // 据说，当天，就连夕阳 /
> 同样在承受风起云涌的利喙 / 满面通红，遍体鳞伤 / 迟迟
> 不忍离去 / 生活基地，牙牙学语的防风林 / 攒足了劲儿，
> 却未能吐出一枚新叶 / 此后，枝丫间，倒结满了 / 儿时称
> 其为"家家"的卡通小屋
>
> ——《钢管家园》

管钳、硬汉与蛋液、肉团之间形成了极为震撼的效果，显然这来自深层次的生命对话，来自一个诗人的发现能力和独特的视角。这也印证了诗人并没有停留于题材和主题，以及日常经验的表皮，而是深入到了世界与细小生命的内部机制和时间法则中。这样的诗有温度、有力度，有命运感也有痛感，还有深沉的思考和发问。这也验证了，真正能够打动人的诗，并不是高高在上、俯视众生和睥睨一切的，恰恰是来自于草木般的本心观照和平等、深切而又朴素的"生命诗学"般的凝视、对话。正是由生命立场和时间意识出发，申广志笔下的气田、戈壁、沙丘都是生命化和人格化的，它们具有了与人同样的骨骼、肌腱、血脉和心跳。

此时，北京已近五月，窗外传来不知名的鸟叫声。这又让我想到了多年前在空中偶然一瞥的戈壁、机场，以及那座城市。由申广志的诗，我仿佛真切地听到了在诗人特有的"第五个季节"中沙百灵般独特而动人的鸣啭，它们唱出了一个个我们所陌生的寓言和世界的流转，以及生命的本相……

选自《地火》2022年第2期

霍俊明，《诗刊》社副主编、中国作家协会青年工作委员会委员，系中国作家协会会员、中国文艺评论家协会会员。著有《转世的桃花——陈超评传》"传论三部曲"，以及专著、诗集、散文集、批评集等二十余部。曾获国家哲学社会科学优秀成果奖、中国文艺评论年度优秀长篇评论奖、第十五届北京市哲学社会科学优秀成果一等奖等奖项。

"黑油山"上的吟唱

翟文铖

　　申广志的笔触惯于聚焦克拉玛依这小小一隅，他写那里的地貌：准噶尔盆地、青克斯山、西戈壁、古尔班通古特沙漠——独特环境赋予他的诗歌独特的色彩。他的笔墨专注于油田和穿红衣、戴塑盔的石油工人——这一特定的行业又赋予他的诗歌别异的风格。地域性和行业性双重标签，成就了他鲜明的艺术个性。这组题为《石油季节》的诗歌可以说是他美学特质的一个注脚。

　　克拉玛依的石油早在亿万年前就开始形成。对于石油的神秘身世，申广志保持着探究的兴趣。石油的生成也许同小行星撞击地球有关。小行星留下的碰撞坑，往往会沉积大量的生命遗骸，经过复杂的地质过程，这些遗骸就会变成石油和天然气。"一向循规蹈矩的地球，自从 / 被放荡不羁的小行星，猛击一拳 / 满腹的怨气，持续几千万年 / 太黑过冷的陨坑里，未曾料想 / 竟萌发、拔节出我的祖先"（《追溯沙漠气田》）石油的溯源，竟然变成了对人类文明的寻根。石油，就是人类的一面镜子。

　　申广志的诗歌充满了对石油工人的敬意，充满了对劳动者的讴歌。很早的时候，"黑油山"涓涓流出的石油就被附近的居民采集。直到解放初期，一位名叫赛里木巴依的维吾尔族老人还在从事这种营生。没有房屋，他就住在附近的地窖里；石油收集好了，他就让毛驴驮上，然后弹起自己的热瓦甫踏上泥泞之路。1982年10月1日，新疆石油管理局和克拉玛依市在黑油山竖起了一尊以他为原型的雕像。诗人由衷赞道："何时，已把没有路标的驮油孤旅／浇铸成一尊神像"（《油沼里的苇丛》）。勤劳乐观、不畏艰辛，不正是普通劳动者最为宝贵的品质吗？

陆梁油田是我国在沙漠深处开掘成功的第一个现代化油田。石油工人曾连打八口探井，均遭失败；但是，他们毫不气馁，终于在第九口井里掘出了石油。诗人深情地吟咏："八口黑窟窿，像四双不瞑的眼睛／昼夜守候着愈发隆起的第九泉黎明"（《第九个黑洞，是黎明》）。不惧挫折，永不言败，这是劳动者令人起敬的韧性。石油流动，经历了风沙寒暑，工人们懂得了石油深藏地下的身世和卓越的价值。这是劳动者才有的智慧。戈壁的春天，风光旖旎，万物演绎着一场生命的狂欢，"唯有抽油机，仍一言不发／它鞠躬不止，出自感激，抑或祈祷"（《唯有雨水，能够拧开戈壁的季节》）。只有脚踏实地的劳动者，才懂得人类的渺小，才懂得大地的恩德。在诗人笔下，"眼泪"和"汗水"是人类创造力的本质。眼泪指代情感，是情感的凝结、定型与强化，让人性日渐丰富深沉，离动物日渐遥远，离文明日渐趋近。汗水，指代劳动，人类正是依靠勤劳和奋斗，改造世界的能力才变得越来越强大。劳动创造了人类文明，也创造了人类自身，劳动者拥有人类最高贵的品质。

克拉玛依雨水稀少，甚至连续几年不下雨。一旦遇到雨水，植物需要在最短的时间完成生命周期，这是戈壁独特的生态。"期待了多年的种子／转眼间，全部醒来／肥了荒原，瘦了视野"

（《唯有雨水，能够拧开戈壁的季节》）。在蓬勃的生命面前，申广志真正感悟到《周易》上所说的"天地之大德曰生"。他像孩子一样，把自己的生命注入万事万物之中。在他眼里，从天空的白云，到地上的石头，都是生命的存在。他的诗歌惯于运用两种修辞：比喻和拟人。在我看来，支撑这两种修辞的是他万物有灵的观念。"钻塔的银簪／已绾起准噶尔三千里的涓涓黑发"（《雪卧青克斯》）中的银簪和黑发属于宏伟的大地母亲。迎风带雪的青克斯山，并不像看上去一样萧条荒凉，"风的手，雪的唇，整整一夜／不断栖向青克斯张弩的肌腱／就这样，一个丰满的冬天／于西戈壁的枕榻，拥山而睡／舒展出佩玉的黎明"（《雪卧青克斯》）。诗人既能以我观物，又能以物观我，世间万物都是他相依相伴的对象。

春雨降临，所有的植物瞬间生机勃勃。人类和动物也参与了这短暂的生命狂欢，"采油姑娘的笑声，竞相绽放""飘逝的红蝴蝶／引领羊角辫的双桅／又翩然而至／沙百灵，织出久违的歌声"（《唯有雨水，能够拧开戈壁的季节》）。地球上所有的生命有共同的起源，所有的生物都在自然的网络中伸张自己的生命，彼此依赖，由此建立起一种共生共鸣的和谐关系，这就是所谓的"生命共感"。申广志极为敏感，把万千生命息息相通的感觉表达了出来。《钢管家园》叙述了这样一个故事：天气骤热，工人们拆卸天然气处理站阀门上的保温设施，不小心摔碎了正在孵化的鸟蛋。为了避免类似的悲剧发生，也为了赎罪，石油工人在枯树上安装了很多人工鸟巢。有了"生命共感"，才会把自然界的生命视为与自己的生命一样珍贵，才会对损毁生命的行为产生深重的罪感。

利奥波德反对人类中心主义，倡导"大地伦理"。他认为，土壤、水、动物和植物等彼此依赖，休戚相关,组成土地共同体，人类是其中平等的一员，应该担负起保护荒野的责任。申广志的诗在向人们昭示，他就是"大地伦理"的践行者。读着他的诗，我有了一种亲近石油的渴望，有了一种飞向克拉玛依的向往：戈壁，沙漠，还有亿万年前地球的故事……

选自《诗刊》2022 年 3 月下半月刊

翟文铖，山东曲阜人，文学博士，博士生导师，北京师范大学国际写作中心教授，主任助理。主要研究中国现当代文学，出版有《生活世界的喧嚣：新生代小说研究》《文化视阈中的汪曾祺研究》等学术专著多部，在《文学评论》《当代作家评论》等刊物发表学术论文多篇，主持国家社会科学基金项目及省部级项目多项，多次获山东省社会科学成果奖等奖项。